GRöLS Verlage

„Bücher sind wie Fallschirme. Sie nützen uns nichts, wenn wir sie nicht öffnen."

Gröls Verlag

Redaktionelle Hinweise und Impressum

Das vorliegende Werk wurde zugunsten der Authentizität sehr zurückhaltend bearbeitet. So wurden etwa ursprüngliche Rechtschreibfehler *nicht* systematisch behoben, denn kleine Unvollkommenheiten machen das Buch – wie im Übrigen den Menschen – erst authentisch. Mitunter wurden jedoch zum Beispiel Absätze behutsam neu getrennt, um den Lesefluss zu erleichtern.

Um die Texte zu rekonstruieren, werden antiquarische Bücher von Lesegeräten gescannt und dann durch eine Software lesbar gemacht. Der so entstandene Text wird von Menschen gegengelesen und korrigiert – hierbei treten auch Fehler auf. Wenn Sie ebenfalls antiquarische Texte einreichen möchten, finden Sie weitere Informationen auf www.groels.de

Viel Freude bei der Lektüre wünscht Ihnen das Team des Gröls-Verlags.

Adressen

Verleger: Sophia Gröls, Im Borngrund 26, 61440 Oberursel

Externer Dienstleister für Distribution & Herstellung: BoD, In de Tarpen 42, 22848 Norderstedt

Unsere „Edition | Werke der Weltliteratur“ hat den Anspruch, eine der größten und vollständigsten Sammlungen klassischer Literatur in deutscher Sprache zu sein. Nach und nach versammeln wir hier nicht nur die „üblichen Verdächtigen“ von Goethe bis Schiller, sondern auch Kleinode der vergangenen Jahrhunderte, die – zu Unrecht – drohen, in Vergessenheit zu geraten. Wir kultivieren und kuratieren damit einen der wertvollsten Bereiche der abendländischen Kultur. Kleine Auswahl:

Francis Bacon • Neues Organon • **Balzac** • Glanz und Elend der Kurtisanen • **Joachim H. Campe** • Robinson der Jüngere • **Dante Alighieri** • Die Göttliche Komödie • **Daniel Defoe** • Robinson Crusoe • **Charles Dickens** • Oliver Twist • **Denis Diderot** • Jacques der Fatalist • **Fjodor Dostojewski** • Schuld und Sühne • **Arthur Conan Doyle** • Der Hund von Baskerville • **Marie von Ebner-Eschenbach** • Das Gemeindekind • **Elisabeth von Österreich** • Das Poetische Tagebuch • **Friedrich Engels** • Die Lage der arbeitenden Klasse • **Ludwig Feuerbach** • Das Wesen des Christentums • **Johann G. Fichte** • Reden an die deutsche Nation • **Fitzgerald** • Zärtlich ist die Nacht • **Flaubert** • Madame Bovary • **Gorch Fock** • Seefahrt ist not! • **Theodor Fontane** • Effi Briest • **Robert Musil** • Über die Dummheit • **Edgar Wallace** • Der Frosch mit der Maske • **Jakob Wassermann** • Der Fall Maurizius • **Oscar Wilde** • Das Bildnis des Dorian Grey • **Émile Zola** • Germinal • **Stefan Zweig** • Schachnovelle • **Hugo von Hofmannsthal** • Der Tor und der Tod • **Anton Tschechow** • Ein Heiratsantrag • **Arthur Schnitzler** • Reigen • **Friedrich Schiller** • Kabale und Liebe • **Nicolo Machiavelli** • Der Fürst • **Gotthold E. Lessing** • Nathan der Weise • **Augustinus** • Die Bekenntnisse des heiligen Augustinus • **Marcus Aurelius** • Selbstbetrachtungen • **Charles Baudelaire** • Die Blumen des Bösen • **Harriett Stowe** • Onkel Toms Hütte • **Walter Benjamin** • Deutsche Menschen • **Hugo Bettauer** • Die Stadt ohne Juden • **Lewis Caroll** • *und viele mehr….*

Friedrich Schiller

Don Carlos, Infant von Spanien

Ein dramatisches Gedicht

Inhalt

Erster Akt 10

Erster Auftritt 10

Zweiter Auftritt 15

Dritter Auftritt 24

Vierter Auftritt 29

Fünfter Auftritt 35

Sechster Auftritt 43

Siebenter Auftritt 47

Achter Auftritt 48

Neunter Auftritt 49

Zweiter Akt 52

Erster Auftritt 52

Zweiter Auftritt 53

Dritter Auftritt 61

Vierter Auftritt 62

Fünfter Auftritt 66

Sechster Auftritt 70

Siebenter Auftritt ... 71
Achter Auftritt ... 74
Neunter Auftritt ... 87
Zehnter Auftritt ... 89
Eilfter Auftritt ... 94
Zwölfter Auftritt ... 97
Dreizehnter Auftritt ... 100
Vierzehnter Auftritt ... 100
Fünfzehnter Auftritt ... 102
Dritter Akt ... 110
Erster Auftritt ... 110
Zweiter Auftritt ... 111
Dritter Auftritt ... 113
Vierter Auftritt ... 119
Fünfter Auftritt ... 124
Sechster Auftritt ... 125
Siebenter Auftritt ... 126
Achter Auftritt ... 130
Neunter Auftritt ... 130
Zehnter Auftritt ... 131
Vierter Akt ... 146
Erster Auftritt ... 146
Zweiter Auftritt ... 147
Dritter Auftritt ... 147
Vierter Auftritt ... 153

Fünfter Auftritt 156
Sechster Auftritt 160
Siebenter Auftritt 161
Achter Auftritt 161
Neunter Auftritt 162
Zehnter Auftritt 168
Eilfter Auftritt 168
Zwölfter Auftritt 169
Dreizehnter Auftritt 173
Vierzehnter Auftritt 177
Fünfzehnter Auftritt 179
Sechzehnter Auftritt 181
Siebzehnter Auftritt 183
Achtzehnter Auftritt 184
Neunzehnter Auftritt 184
Zwanzigster Auftritt 187
Einundzwanzigster Auftritt 188
Zweiundzwanzigster Auftritt 196
Dreiundzwanzigster Auftritt 199
Vierundzwanzigster Auftritt 201
Fünfter Akt 202
Erster Auftritt 202
Zweiter Auftritt 205
Dritter Auftritt 207
Vierter Auftritt 213

Fünfter Auftritt 218
Sechster Auftritt 219
Siebenter Auftritt.. 221
Achter Auftritt... 223
Neunter Auftritt... 225
Zehnter Auftritt.. 231
Letzter Auftritt 237

Personen:

Philipp II,	König von Spanien.
Elisabeth von Valois,	seine Gemahlin.
Don Carlos,	der Kronprinz.
Alexander Farnese,	Prinz von Parma, Neffe des Königs.
Infantin Clara Eugenia,	ein Kind von drei Jahren.
Herzogin von Olivarez,	Oberhofmeisterin.
Marquisin von Mondecar, **Prinzessin von Eboli** und **Gräfin Fuentes,**	Damen der Königin.
Marquis von Posa,	ein Malteserritter.

Granden von Spanien:

Herzog von Alba.	
Graf von Lerma,	Oberster der Leibwache.
Herzog von Feria,	Ritter des Vließes.
Herzog von Medina Sidonia,	Admiral.
Don Raimond von Taxis,	Oberpostmeister.

Domingo,	Beichtvater des Königs.
Der Großinquisitor	des Königreichs.
Der Prior	eines Carthäuserklosters.
Ein Page	der Königin

Don Ludwig Mercado, Leibarzt der Königin.

Mehrere Damen und Granden. Pagen. Officiere. Die Leibwache und verschiedene stumme Personen.

Erster Akt

Der königliche Garten in Aranjuez

Erster Auftritt

Carlos. Domingo.

Domingo. Die schönen Tage in Aranjuez
Sind nun zu Ende. Eure königliche Hoheit
Verlassen es nicht heiterer. Wir sind
Vergebens hier gewesen. Brechen Sie
Dies räthselhafte Schweigen. Oeffnen Sie
Ihr Herz dem Vaterherzen, Prinz. Zu theuer
Kann der Monarch die Ruhe seines Sohns –
Des einz'gen Sohns – zu theuer nie erkaufen.
(Carlos sieht zur Erde und schweigt.)
Wär' noch ein Wunsch zurücke, den der Himmel
Dem liebsten seiner Söhne weigerte?
Ich stand dabei, als in Toledos Mauern
Der stolze Carl die Huldigung empfing,
Als Fürsten sich zu seinem Handkuß drängten
Und jetzt in *einem* – *einem* Niederfall
Sechs Königreiche ihm zu Füßen lagen –
Ich stand und sah das junge stolze Blut
In seine Wangen steigen, seinen Busen
Von fürstlichen Entschlüssen wallen, sah
Sein trunknes Aug durch die Versammlung fliegen,
In Wonne brechen – Prinz, und dieses Auge
Gestand: ich bin gesättigt. *(Carlos wendet sich weg.)*

Dieser stille
Und feierliche Kummer, Prinz, den wir
Acht Monde schon in Ihrem Blicke lesen,
Das Räthsel dieses ganzen Hofs, die Angst
Des Königreichs, hat Seiner Majestät
Schon manche sorgenvolle Nacht gekostet,
Schon manche Thräne Ihrer Mutter.

Carlos *(dreht sich rasch um)*. Mutter?
– O Himmel, gib, daß ich es dem vergesse,
Der sie zu meiner Mutter machte!

Domingo. Prinz?

Carlos *(besinnt sich und fährt mit der Hand über die Stirne).*
Hochwürd'ger Herr – ich habe sehr viel Unglück
Mit meinen Müttern. Meine erste Handlung,
Als ich das Licht der Welt erblickte, war
Ein Muttermord.

Domingo. Ist's möglich, gnäd'ger Prinz?
Kann dieser Vorwurf Ihr Gewissen drücken?

Carlos. Und meine neue Mutter – hat sie mir
Nicht meines Vaters Liebe schon gekostet?
Mein Vater hat mich kaum geliebt. Mein ganzes
Verdienst war noch, sein Einziger zu sein.
Sie gab ihm eine Tochter – O, wer weiß,
Was in der Zeiten Hintergrunde schlummert?

Domingo. Sie spotten meiner, Prinz. Ganz Spanien
Vergöttert seine Königin. Sie sollten
Nur mit des Hasses Auge sie betrachten?
Bei ihrem Anblick nur die Klugheit hören?
Wie, Prinz? Die schönste Frau auf dieser Welt
Und Königin – und ehmals Ihre Braut?
Unmöglich, Prinz! Unglaublich! Nimmermehr!
Wo Alles liebt, kann Carl allein nicht hassen;
So seltsam widerspricht sich Carlos nicht.
Verwahren Sie sich, Prinz, daß sie es nie,

Wie sehr sie ihrem Sohn mißfällt, erfahre;
Die Nachricht würde schmerzen.

Carlos. Glauben Sie?

Domingo. Wenn Eure Hoheit sich des letzteren
Turniers zu Saragossa noch entsinnen,
Wo unsern Herrn ein Lanzensplitter streifte –
Die Königin mit ihren Damen saß
Auf des Palastes mittlerer Tribune
Und sah dem Kampfe zu. Auf einmal rief's:
„Der König blutet!" – Man rennt durch einander,
Ein dumpfes Murmeln dringt bis zu dem Ohr
Der Königin. „Der Prinz?" ruft sie und will –
Und will sich von dem obersten Geländer
Herunter werfen. – „Nein, der König selbst!"
Gibt man zur Antwort – „So laßt Aerzte holen!"
Erwiedert sie, indem sie Athem schöpfte.
(Nach einigem Stillschweigen.)
Sie stehen in Gedanken?

Carlos. Ich bewundre
Des Königs lust'gen Beichtiger, der so
Bewandert ist in witzigen Geschichten.
(Ernsthaft und finster.)
Doch hab' ich immer sagen hören, daß
Geberdenspäher und Geschichtenträger
Des Uebels mehr auf dieser Welt gethan,
Als Gift und Dolch in Mörders Hand nicht konnten.
Die Mühe, Herr, war zu ersparen. Wenn
Sie Dank erwarten, gehen Sie zum König.

Domingo. Sie thun sehr wohl, mein Prinz, sich vorzusehn
Mit Menschen – nur mit Unterscheidung. Stoßen
Sie mit dem Heuchler nicht den Freund zurück.
Ich mein' es gut mit Ihnen.

Carlos. Lassen Sie
Das meinen Vater ja nicht merken. Sonst
Sind Sie um Ihren Purpur.

Domingo *(stutzt)*. Wie?

Carlos. Nun ja.
Versprach er Ihnen nicht den ersten Purpur,
Den Spanien vergeben würde?

Domingo. Prinz,
Sie spotten meiner.

Carlos. Das verhüte Gott,
Daß ich des fürchterlichen Mannes spotte,
Der meinen Vater selig sprechen und
Verdammen kann!

Domingo. Ich will mich nicht
Vermessen, Prinz, in das ehrwürdige
Geheimniß Ihres Kummers einzudringen.
Nur bitt' ich Eure Hoheit, eingedenk
Zu sein, daß dem beängstigten Gewissen
Die Kirche eine Zuflucht aufgethan,
Wozu Monarchen keinen Schlüssel haben,
Wo selber Missethaten unterm Siegel
Des Sacramentes aufgehoben liegen –
Sie wissen, was ich meine, Prinz. Ich habe
Genug gesagt.

Carlos. Nein, das soll ferne von mir sein,
Daß ich den Siegelführer so versuchte!

Domingo. Prinz, dieses Mißtraun – Sie verkennen Ihren
Getreusten Diener.

Carlos *(faßt ihn bei der Hand)*. Also geben Sie
Mich lieber auf. Sie sind ein heil'ger Mann,
Das weiß die Welt – doch, frei heraus – für mich
Sind Sie bereits zu überhäuft. Ihr Weg,
Hochwürd'ger Vater, ist der weiteste,

Bis Sie auf Peters Stuhle niedersitzen.
Viel Wissen möchte Sie beschweren. Melden
Sie das dem König, der Sie hergesandt.

Domingo. Mich hergesandt?

Carlos. So sagt' ich. O, zu gut
Zu gut weiß ich, daß ich an diesem Hof
Verrathen bin – ich weiß, daß hundert Augen
Gedungen sind, mich zu bewachen, weiß,
Daß König Philipp seinen einz'gen Sohn
An seiner Knechte schlechtesten verkaufte
Und jede von mir aufgefangne Sylbe
Dem Hinterbringer fürstlicher bezahlt,
Als er noch keine gute That bezahlte.
Ich weiß – O, still! Nichts mehr davon! Mein Herz
Will überströmen, und ich habe schon
Zu viel gesagt.

Domingo. Der König ist gesonnen,
Vor Abend in Madrid noch einzutreffen.
Bereits versammelt ist der Hof. Hab' ich
Die Gnade, Prinz –

Carlos. Schon gut. Ich werde folgen.
(Domingo geht ab. Nach einigem Stillschweigen.)
Beweinenswerther Philipp, wie dein Sohn
Beweinenswerth! – Schon seh' ich deine Seele
Vom gift'gen Schlangenbiß des Argwohns bluten;
Dein unglücksel'ger Vorwitz übereilt
Die fürchterlichste der Entdeckungen,
Und rasen wirst du, wenn du sie gemacht.

Zweiter Auftritt

Carlos. Marquis von Posa.

Carlos. Wer kommt? – Was seh' ich? O ihr guten Geister!
Mein Roderich!

Marquis.

Mein Carlos!

Carlos.

Ist es möglich?
Ist's wahr? Ist's wirklich? Bist du's? – O, du bist's!
Ich drück' an meine Seele dich, ich fühle
Die deinige allmächtig an mir schlagen.
O, jetzt ist Alles wieder gut. In dieser
Umarmung heilt mein krankes Herz. Ich liege
Am Halse meines Roderich.

Marquis.

Ihr krankes, Ihr krankes Herz? Und was ist wieder gut?
Was ist's, das wieder gut zu werden brauchte?
Sie hören, was mich stutzen macht.

Carlos.

Und was Bringt dich so unverhofft aus Brüssel wieder?
Wem dank' ich diese Ueberraschung? wem?
Ich frage noch? Verzeih dem Freudetrunknen,
Erhabne Vorsicht, diese Lästerung!
Wem sonst als dir, Allgütigste? Du wußtest,
Daß Carlos ohne Engel war, du sandtest
Mir diesen, und ich frage noch?

Marquis.

Vergebung, Mein theurer Prinz, wenn ich dies stürmische
Entzücken mit Bestürzung nur erwiedre.
So war es nicht, wie ich Don Philipps Sohn
Erwartete. Ein unnatürlich Roth

Entzündet sich auf Ihren blassen Wangen,
Und Ihre Lippen zittern fieberhaft.
Was muß ich glauben, theurer Prinz? – Das ist
Der löwenkühne Jüngling nicht, zu dem
Ein unterdrücktes Heldenvolk mich sendet –
Denn jetzt steh' ich als Roderich nicht hier,
Nicht als des Knaben Carlos Spielgeselle –
Ein Abgeordneter der ganzen Menschheit
Umarm' ich Sie – es sind die flandrischen
Provinzen, die an Ihrem Halse weinen
Und feierlich um Rettung Sie bestürmen.
Gethan ist's um Ihr theures Land, wenn Alba,
Des Fanatismus rauher Henkersknecht,
Vor Brüssel rückt mit spanischen Gesetzen.
Auf Kaiser Carls glorwürd'gem Enkel ruht
Die letzte Hoffnung dieser edeln Lande.
Sie stürzt dahin, wenn sein erhabnes Herz
Vergessen hat, für Menschlichkeit zu schlagen.

Carlos. Sie stürzt dahin.

Marquis.

Weh mir! Was muß ich hören!

Carlos. Du sprichst von Zeiten, die vergangen sind.
Auch mir hat einst von einem Carl geträumt,
Dem's feurig durch die Wangen lief, wenn man
Von Freiheit sprach – doch der ist lang begraben.
Den du hier siehst, das ist der Carl nicht mehr,
Der in Alcala von dir Abschied nahm,
Der sich vermaß in süßer Trunkenheit,
Der Schöpfer eines neuen goldnen Alters
In Spanien zu werden – O, der Einfall
War kindisch, aber göttlich schön! Vorbei
Sind diese Träume. –

Marquis.

Träume, Prinz? – So wären
Es Träume nur gewesen?

Carlos.

Laß mich weinen,
An deinem Herzen heiße Thränen weinen,
Du einz'ger Freund. Ich habe Niemand – Niemand –
Auf dieser großen weiten Erde Niemand.
So weit das Scepter meines Vaters reicht,
So weit die Schifffahrt unsre Flaggen sendet,
Ist keine Stelle – keine – keine, wo
Ich meiner Thränen mich entlasten darf,
Als diese. O, bei Allem, Roderich,
Was du und ich dereinst im Himmel hoffen,
Verjage mich von dieser Stelle nicht.

Marquis *(neigt sich über ihn mit sprachloser Rührung).*

Carlos. Berede dich, ich wär' ein Waisenkind,
Das du am Thron mitleidig aufgelesen.
Ich weiß ja nicht, was Vater heißt – ich bin
Ein Königssohn – O, wenn es eintrifft, was
Mein Herz mir sagt, wenn du aus Millionen
Herausgefunden bist, mich zu verstehn,
Wenn's wahr ist, daß die schaffende Natur
Den Roderich im Carlos wiederholte
Und unsrer Seelen zartes Saitenspiel
Am Morgen unsers Lebens gleich bezog,
Wenn eine Thräne, die mir Lindrung gibt,
Dir theurer ist als meines Vaters Gnade –

Marquis. O theurer als die ganze Welt.

Carlos.

So tief Bin ich gefallen – bin so arm geworden,
Daß ich an unsre frühen Kinderjahre
Dich mahnen muß – daß ich dich bitten muß,

Die lang vergeßnen Schulden abzutragen,
Die du noch im Matrosenkleide machtest –
Als du und ich, zween Knaben wilder Art,
So brüderlich zusammen aufgewachsen,
Kein Schmerz mich drückte, als von deinem Geiste
So sehr verdunkelt mich zu sehn – ich endlich
Mich kühn entschloß, dich grenzenlos zu lieben,
Weil mich der Muth verließ, dir gleich zu sein.
Da fing ich an, mit tausend Zärtlichkeiten
Und treuer Bruderliebe dich zu quälen;
Du, stolzes Herz, gabst sie mir kalt zurück.
Oft stand ich da, und – doch das sahst du nie!
Und heiße, schwere Thränentropfen hingen
In meinem Aug, wenn du, mich überhüpfend,
Geringre Kinder in die Arme drücktest.
Warum nur diese? rief ich trauernd aus:
Bin ich dir nicht auch herzlich gut? – Du aber,
Du knietest kalt und ernsthaft vor mir nieder:
Das, sagtest du, gebührt dem Königssohn.

Marquis. O stille, Prinz, von diesen kindischen
Geschichten, die mich jetzt noch schamroth machen.

Carlos. Ich hatt' es nicht um dich verdient. Verschmähen,
Zerreißen konntest du mein Herz, doch nie
Von dir entfernen. Dreimal wiesest du
Den Fürsten von dir, dreimal kam er wieder
Als Bittender, um Liebe dich zu flehn
Und dir gewaltsam Liebe aufzudringen.
Ein Zufall that, was Carlos nie gekonnt.
Einmal geschah's bei unsern Spielen, daß
Der Königin von Böhmen, meiner Tante,
Der Federball ins Auge flog. Sie glaubte,
Daß es mit Vorbedacht geschehn, und klagt' es
Dem Könige mit thränendem Gesicht.
Die ganze Jugend des Palastes muß
Erscheinen, ihm den Schuldigen zu nennen.
Der König schwört, die hinterlist'ge That,

Und wär' es auch an seinem eignen Kinde,
Aufs schrecklichste zu ahnden. – Damals sah ich
Dich zitternd in der Ferne stehn, und jetzt,
Jetzt trat ich vor und warf mich zu den Füßen
Des Königs. Ich, ich that es, rief ich aus:
An deinem Sohn erfülle deine Rache.

Marquis. Ach, woran mahnen Sie mich, Prinz!

Carlos.

Sie ward's!
Im Angesicht des ganzen Hofgesindes,
Das mitleidsvoll im Kreise stand, ward sie
Auf Sklavenart an deinem Carl vollzogen.
Ich sah auf dich und weinte nicht. Der Schmerz
Schlug meine Zähne knirschend an einander;
Ich weinte nicht. Mein königliches Blut
Floß schändlich unter unbarmherz'gen Streichen;
Ich sah auf dich und weinte nicht. – Du kamst;
Laut weinend sankst du mir zu Füßen. Ja,
Ja, riefst du aus, mein Stolz ist überwunden,
Ich will bezahlen, wenn du König bist.

Marquis *(reicht ihm die Hand).*
Ich will es, Carl. Das kindische Gelübde
Erneur' ich jetzt als Mann. Ich will bezahlen.
Auch meine Stunde schlägt vielleicht.

Carlos.

Jetzt, jetzt –
O, zögre nicht – jetzt hat sie ja geschlagen.
Die Zeit ist da, wo du es lösen kannst.
Ich brauche Liebe. – Ein entsetzliches
Geheimniß brennt in meiner Brust. Es soll,
Es soll heraus. In deinen blassen Mienen
Will ich das Urtheil meines Todes lesen.
Hör' an – erstarre – doch erwiedre nichts –
Ich liebe meine Mutter.

Marquis.

O mein Gott!

Carlos. Nein! Diese Schonung will ich nicht. Sprich's aus,
Sprich, daß auf diesem großen Rund der Erde
Kein Elend an das meine grenze – sprich –
Was du mir sagen kannst, errath' ich schon.
Der Sohn liebt seine Mutter. Weltgebräuche,
Die Ordnung der Natur und Roms Gesetze
Verdammen diese Leidenschaft. Mein Anspruch
Stößt fürchterlich auf meines Vaters Rechte.
Ich fühl's, und dennoch lieb' ich. Dieser Weg
Führt nur zum Wahnsinn oder Blutgerüste.
Ich liebe ohne Hoffnung – lasterhaft –
Mit Todesangst und mit Gefahr des Lebens –
Das seh' ich ja, und dennoch lieb' ich.

Marquis.

Weiß Die Königin um diese Neigung?

Carlos.

Konnt' ich
Mich ihr entdecken? Sie ist Philipps Frau
Und Königin, und das ist span'scher Boden.
Von meines Vaters Eifersucht bewacht,
Von Etikette ringsum eingeschlossen,
Wie konnt' ich ohne Zeugen mich ihr nahn?
Acht höllenbange Monde sind es schon,
Daß von der hohen Schule mich der König
Zurückberief, daß ich sie täglich anzuschaun
Verurtheilt bin und, wie das Grab, zu schweigen.
Acht höllenbange Monde, Roderich,
Daß dieses Feu'r in meinem Busen wüthet,
Daß tausendmal sich das entsetzliche
Geständniß schon auf meinen Lippen meldet,
Doch scheu und feig zurück zum Herzen kriecht.

O Roderich – nur wen'ge Augenblicke
Allein mit ihr –

Marquis.

Ach! Und Ihr Vater, Prinz –

Carlos. Unglücklicher! Warum an den mich mahnen?
Sprich mir von all den Schrecken des Gewissens,
Von meinem Vater sprich mir nicht.

Carlos. Sie hassen Ihren Vater!

Marquis.

Nein! Ach, nein!
Ich hasse meinen Vater nicht – Doch Schauer
Und Missethäters-Bangigkeit ergreifen
Bei diesem fürchterlichen Namen mich.
Kann ich dafür, wenn eine knechtische
Erziehung schon in meinem jungen Herzen
Der Liebe zarten Keim zertrat? Sechs Jahre
Hatt' ich gelebt, als mir zum ersten Mal
Der Fürchterliche, der wie sie mir sagten,
Mein Vater war, vor Augen kam. Es war
An einem Morgen, wo er stehnden Fußes
Vier Bluturtheile unterschrieb. Nach diesem
Sah ich ihn nur, wenn mir für ein Vergehn
Bestrafung angekündigt ward. – O Gott!
Hier fühl' ich, daß ich bitter werde – Weg –
Weg, weg von dieser Stelle!

Marquis.

Nein, Sie sollen,
Jetzt sollen Sie sich öffnen, Prinz. In Worten
Erleichtert sich der schwer beladne Busen.

Carlos. Oft hab' ich mit mir selbst gerungen, oft
Um Mitternacht, wenn meine Wachen schliefen,
Mit heißen Thränengüssen vor das Bild
Der Hochgebenedeiten mich geworfen,

Sie um ein kindlich Herz gefleht – doch ohne
Erhörung stand ich auf. Ach, Roderich!
Enthülle du dies wunderbare Räthsel
Der Vorsicht mir – Warum von tausend Vätern
Just eben diesen Vater mir? Und ihm
Just diesen Sohn von tausend bessern Söhnen?
Zwei unverträglichere Gegentheile
Fand die Natur in ihrem Umkreis nicht.
Wie mochte sie die beiden letzten Enden
Des menschlichen Geschlechtes – mich und ihn –
Durch ein so heilig Band zusammen zwingen?
Furchtbares Loos! Warum mußt' es geschehn?
Warum zwei Menschen, die sich ewig meiden,
In *einem* Wunsche schrecklich sich begegnen?
Hier, Roderich, siehst du zwei feindliche
Gestirne, die im ganzen Lauf der Zeiten
Ein einzig Mal in scheitelrechter Bahn
Zerschmetternd sich berühren, dann auf immer
Und ewig aus einander fliehn.

Marquis.

Mir ahnet
Ein unglücksvoller Augenblick.

Carlos.

Mir selbst.
Wie Furien des Abgrunds folgen mir
Die schauerlichsten Träume. Zweifelnd ringt
Mein guter Geist mit gräßlichen Entwürfen;
Durch labyrinthische Sophismen kriecht
Mein unglücksel'ger Scharfsinn, bis er endlich
Vor eines Abgrunds gähem Rachen stutzt –
O Roderich, wenn ich den Vater je
In ihm verlernte – Roderich – ich sehe,
Dein todtenblasser Blick hat mich verstanden –
Wenn ich den Vater je in ihm verlernte,
Was würde mir der König sein?

Marquis. *(nach einigem Stillschweigen).* Darf ich
An meinen Carlos eine Bitte wagen?
Was Sie auch Willens sind zu thun, versprechen Sie
Nichts ohne Ihren Freund zu unternehmen.
Versprechen Sie mir dieses?

Carlos.

Alles, Alles,
Was deine Liebe mir gebeut. Ich werfe
Mich ganz in deine Arme.

Marquis.

Wie man sagt,
Will der Monarch zur Stadt zurückekehren.
Die Zeit ist kurz. Wenn Sie die Königin
Geheim zu sprechen wünschen, kann es nirgends
Als in Aranjuez geschehn. Die Stille
Des Orts – des Landes ungezwungne Sitte
Begünstigen –

Carlos.

Das war auch meine Hoffnung.
Doch, ach, sie war vergebens!

Marquis.

Nicht so ganz.
Ich gehe, mich sogleich ihr vorzustellen.
Ist sie in Spanien Dieselbe noch,
Die sie vordem an Heinrichs Hof gewesen,
So find' ich Offenherzigkeit. Kann ich
In ihren Blicken Carlos' Hoffnung lesen,
Find' ich zu dieser Unterredung sie
Gestimmt – sind ihre Damen zu entfernen –

Carlos. Die meisten sind mir zugethan. Besonders
Die Mondecar hab' ich durch ihren Sohn,
Der mir als Page dient, gewonnen. –

Marquis.

Desto besser.
So sind Sie in der Nähe, Prinz, sogleich
Auf mein gegebnes Zeichen zu erscheinen.

Carlos. Das will ich – will ich – also eile nur.

Marquis. Ich will nun keinen Augenblick verlieren.
Dort also, Prinz, auf Wiedersehn!

(Beide gehen ab zu verschiedenen Seiten.)

Die Hofhaltung der Königin in Aranjuez.

Eine einfache ländliche Gegend, von einer Allee durchschnitten, vom Landhause der Königin begrenzt.

Dritter Auftritt

***Die Königin. Die Herzogin von Olivarez. Die Prinzessin von Eboli** und die **Marquisin von Mondecar**, welche die Allee heraufkommen.*

Königin *(zur Marquisin). Sie* will ich um mich haben, Mondecar.
Die muntern Augen der Prinzessin quälen
Mich schon den ganzen Morgen. Sehen Sie,
Kaum weiß sie ihre Freude zu verbergen,
Weil sie vom Lande Abschied nimmt.

Eboli.

Ich will es
Nicht leugnen, meine Königin, daß ich
Madrid mit großer Freude wieder sehe.

Mondecar. Und Ihre Majestät nicht auch? Sie sollten
So ungern von Aranjuez sich trennen?

Königin. Von – dieser schönen Gegend wenigstens.
Hier bin ich wie in meiner Welt. Dies Plätzchen
Hab' ich mir längst zum Liebling auserlesen.
Hier grüßt mich meine ländliche Natur,
Die Busenfreundin meiner jungen Jahre.

Hier find' ich meine Kinderspiele wieder,
Und meines Frankreichs Lüfte wehen hier.
Verargen Sie mir's nicht. Uns alle zieht
Das Herz zum Vaterland.

Eboli.

Wie einsam aber,
Wie todt und traurig ist es hier! Man glaubt
Sich in la Trappe.

Königin.

Das Gegentheil vielmehr.
Todt find' ich es nur in Madrid. – Doch, was
Spricht unsre Herzogin dazu?

Olivarez.

Ich bin
Der Meinung, Ihre Majestät, daß es
So Sitte war, den einen Monat hier,
Den andern in dem Pardo auszuhalten,
Den Winter in der Residenz, so lange
Es Könige in Spanien gegeben.

Königin. Ja, Herzogin, das wissen Sie; mit Ihnen
Hab' ich auf immer mich des Streits begeben.

Mondecar. Und wie lebendig selbst mit Nächstem in
Madrid sein wird! Zu einem Stiergefechte
Wird schon die Plaza Mayor zugerichtet,
Und ein Auto da Fe hat man uns auch
Versprochen –

Königin.

Uns versprochen! Hör' ich das
Von meiner sanften Mondecar?

Mondecar.

Warum nicht?
Es sind ja Ketzer, die man brennen sieht.

Königin. Ich hoffe, meine Eboli denkt anders.

Eboli. Ich? Ihre Majestät, ich bitte sehr,
Für keine schlechtre Christin mich zu halten,
Als die Marquisin Mondecar.

Königin.

Ach! Ich
Vergesse, wo ich bin. – Zu etwas Anderm. –
Vom Lande, glaub' ich, sprachen wir. Der Monat
Ist, däucht mir, auch erstaunlich schnell vorüber.
Ich habe mir der Freude viel, sehr viel
Von diesem Aufenthalt versprochen, und
Ich habe nicht gefunden, was ich hoffte.
Geht es mit jeder Hoffnung so? Ich kann
Den Wunsch nicht finden, der mir fehlgeschlagen.

Olivarez. Prinzessin Eboli, Sie haben uns
Noch nicht gesagt, ob Gomez hoffen darf?
Ob wir sie bald als seine Braut begrüßen?

Königin. Ja! Gut, daß Sie mich mahnen, Herzogin. *(Zur Prinzessin.)*
Man bittet mich, bei Ihnen fürzusprechen.
Wie aber kann ich das? Der Mann, den ich
Mit meiner Eboli belohne, muß
Ein würd'ger Mann sein.

Olivarez.

Ihre Majestät,
Das ist er, ein sehr würd'ger Mann, ein Mann
Den unser gnädigster Monarch bekanntlich
Mit ihrer königlichen Gunst beehren.

Königin. Das wird den Mann sehr glücklich machen. – Doch
Wir wollen wissen, ob er lieben kann
Und Liebe kann verdienen. – Eboli,
Das frag' ich Sie.

Eboli *(steht stumm und verwirrt, die Augen zur Erde geschlagen, endlich fällt sie der Königin zu Füßen).*
Großmüth'ge Königin,
Erbarmen *Sie* sich meiner. Lassen Sie –
Um Gottes willen, lassen Sie mich nicht –
Nicht aufgeopfert werden.

Königin.

Aufgeopfert?
Ich brauche nichts mehr. Stehn Sie auf. Es ist
Ein hartes Schicksal, aufgeopfert werden.
Ich glaube Ihnen. Stehn Sie auf. – Ist es
Schon lang, daß Sie den Grafen ausgeschlagen?

Eboli *(aufstehend).* O, viele Monate. Prinz Carlos war
Noch auf der hohen Schule.

Königin *(stutzt und sieht sie mit forschenden Augen an).* Haben Sie
Sich auch geprüft, aus welchen Gründen?

Eboli *(mit einiger Heftigkeit).*

Niemals
Kann es geschehen, meine Königin,
Aus tausend Gründen niemals.

Königin *(sehr ernsthaft).*

Mehr als einer ist
Zu viel. Sie können ihn nicht schätzen – Das
Ist mir genug. Nichts mehr davon. *(Zu den andern Damen.)* Ich habe
Ja die Infanten heut noch nicht gesehen.
Marquisin, bringen Sie sie mir.

Olivarez *(sieht auf die Uhr).*

Es ist
Noch nicht die Stunde, Ihre Majestät.

Königin. Noch nicht die Stunde, wo ich Mutter sein darf?
Das ist doch schlimm. Vergessen Sie es ja nicht,
Mich zu erinnern, wenn sie kommt.

(Ein Page tritt auf und spricht leise mit der Oberhofmeisterin, welche sich darauf zur Königin wendet.)

Olivarez.

Der Marquis
Von Posa, Ihre Majestät –

Königin.

Von Posa?

Olivarez. Er kommt aus Frankreich und den Niederlanden
Und wünscht die Gnade zu erhalten, Briefe
Von der Regentin Mutter übergeben
Zu dürfen.

Königin.

Und ist das erlaubt?

Olivarez.

In meiner Vorschrift
Ist des besondern Falles nicht gedacht,
Wenn ein castilian'scher Grande Briefe
Von einem fremden Hof der Königin
Von Spanien in ihrem Gartenwäldchen
Zu überreichen kommt.

Königin.

So will ich denn
Auf meine eigene Gefahr es wagen.

Olivarez. Doch mir vergönne Ihro Majestät,
Mich so lang zu entfernen. –

Königin.

Halten Sie
Das, wie Sie wollen, Herzogin.

(Die Oberhofmeisterin geht ab, und die Königin gibt dem Pagen einen Wink, welcher sogleich hinausgeht.)

Vierter Auftritt

Königin. Prinzessin von Eboli. Marquisin von Mondecar und *Marquis von Posa.*

Königin.

Ich heiße Sie
Willkommen, Chevalier, auf span'schem Boden.

Marquis. Den ich noch nie mit so gerechtem Stolze
Mein Vaterland genannt, als jetzt. –

Königin *(zu den beiden Damen).*

Der Marquis
Von Posa, der im Ritterspiel zu Rheims
Mit meinem Vater eine Lanze brach
Und meine Farbe dreimal siegen machte –
Der Erste seiner Nation, der mich
Den Ruhm empfinden lehrte, Königin
Der Spanier zu sein. *(Zum Marquis sich wendend.)* Als wir im Louvre
Zum letzten Mal uns sahen, Chevalier,
Da träumt' es Ihnen wohl noch nicht, daß Sie
Mein Gast sein würden in Castilien.

Marquis. Nein, große Königin – denn damals träumte
Mir nicht, daß Frankreich noch das Einzige
An uns verlieren würde, was wir ihm
Beneidet hatten.

Königin.

Stolzer Spanier!
Das Einzige? – Und das zu einer Tochter
Vom Hause Valois?

Marquis.

Jetzt darf ich es
Ja sagen, Ihre Majestät – denn jetzt
Sind Sie ja unser.

Königin.

Ihre Reise, hör' ich,
Hat auch durch Frankreich Sie geführt. – Was bringen
Sie mir von meiner hochverehrten Mutter
Und meinen vielgeliebten Brüdern?

Marquis *(überreicht ihr die Briefe)*.
Die Königin Mutter fand ich krank, geschieden
Von jeder andern Freude dieser Welt,
Als ihre königliche Tochter glücklich
Zu wissen auf dem span'schen Thron.

Königin.

Muß sie
Es nicht sein bei dem theuern Angedenken
So zärtlicher Verwandten? bei der süßen
Erinnrung an – Sie haben viele Höfe
Besucht auf Ihren Reisen, Chevalier,
Und viele Länder, vieler Menschen Sitte
Gesehn – und jetzt, sagt man, sind Sie gesonnen,
Ich Ihrem Vaterland sich selbst zu leben?
Ein größrer Fürst in Ihren stillen Mauern,
Als König Philipp auf dem Thron – ein Freier!
Ein Philosoph! – Ich zweifle sehr, ob Sie
Sich werden können in Madrid gefallen.
Man ist sehr – ruhig in Madrid.

Marquis.

Und das
Ist mehr, als sich das ganze übrige
Europa zu erfreuen hat.

Königin.

So hör' ich.
Ich habe alle Händel dieser Erde
Bis fast auf die Erinnerung verlernt.
(Zur Prinzessin von Eboli.)

Mir däucht, Prinzessin Eboli, ich sehe
Dort eine Hyacinthe blühen – Wollen
Sie mir sie bringen?

(Die Prinzessin geht nach dem Platze. Die Königin etwas leiser zum Marquis.)

Chevalier, ich müßte
Mich sehr betrügen, oder Ihre Ankunft
Hat einen frohen Menschen mehr gemacht
An diesem Hofe.

Marquis.

Einen Traurigen
Hab' ich gefunden – den auf dieser Welt
Nur etwas fröhlich –

(Die Prinzessin kommt mit der Blume zurück.)

Eboli.

Da der Chevalier
So viele Länder hat gesehen, wird
Er ohne Zweifel viel Merkwürdiges
Uns zu erzählen wissen.

Marquis.

Allerdings.
Und Abenteuer suchen, ist bekanntlich
Der Ritter Pflicht – die heiligste von allen,
Die Damen zu beschützen.

Mondecar.

Gegen Riesen!
Jetzt gibt es keine Riesen mehr.

Marquis.

Gewalt
Ist für den Schwachen jederzeit ein Riese.

Königin. Der Chevalier hat Recht. Es gibt noch Riesen,
Doch keine Ritter gibt es mehr.

Marquis.

Noch jüngst,
Auf meinem Rückzug von Neapel, war
Ich Zeuge einer rührenden Geschichte,
Die mir der Freundschaft heiliges Legat
Zu meiner eigenen gemacht. – Wenn ich
Nicht fürchten müßte, Ihre Majestät
Durch die Erzählung zu ermüden –

Königin.

Bleibt
Mir eine Wahl? Die Neugier der Prinzessin
Läßt sich nichts unterschlagen. Nur zur Sache.
Auch ich bin eine Freundin von Geschichten.

Marquis. Zwei edle Häuser in Mirandola,
Der Eifersucht, der langen Feindschaft müde,
Die von den Ghibellinen und den Guelfen
Jahrhunderte schon fortgeerbt, beschlossen,
Durch der Verwandtschaft zarte Bande sich
In einem ew'gen Frieden zu vereinen.
Des mächtigen Pietro Schwestersohn,
Fernando, und die göttliche Mathilde,
Colonnas Tochter, waren ausersehn,
Dies schöne Band der Einigkeit zu knüpfen.
Nie hat zwei schönre Herzen die Natur
Gebildet für einander – nie die Welt,
Nie eine Wahl so glücklich noch gepriesen.
Noch hatte seine liebenswürd'ge Braut
Fernando nur im Bildniß angebetet –
Wie zitterte Fernando, wahr zu finden,
Was seine feurigsten Erwartungen
Dem Bilde nicht zu glauben sich getrauten!
In Padua, wo seine Studien
Ihn fesselten, erwartete Fernando
Des frohen Augenblickes nur, der ihm

Vergönnen sollte, zu Mathildens Füßen
Der Liebe erste Huldigung zu stammeln.

(Die Königin wird aufmerksamer. Der Marquis fährt nach einem kurzen Stillschweigen fort, die Erzählung, soweit es die Gegenwart der Königin erlaubt, mehr an die Prinzessin Eboli gerichtet.)

Indessen macht der Gattin Tod die Hand
Pietros frei – Mit jugendlicher Gluth
Verschlingt der Greis die Stimmen des Gerüchtes,
Das in dem Ruhm Mathildens sich ergoß.
Er kommt! Er sieht! – Er liebt! Die neue Regung
Erstickt die leisre Stimme der Natur,
Der Oheim wirbt um seines Neffens Braut
Und heiligt seinen Raub vor dem Altare.

Königin. Und was beschließt Fernando?

Marquis.

Auf der Liebe Flügeln,
Des fürchterlichen Wechsels unbewußt,
Eilt nach Mirandola der Trunkene.
Mit Sternenschein erreicht sein schnelles Roß
Die Thore – ein bacchantisches Getön
Von Reigen und von Pauken donnert ihm
Aus dem erleuchteten Palast entgegen.
Er bebt die Stufen scheu hinauf und sieht
Sich unerkannt im lauten Hochzeitsaale,
Wo in der Gäste taumelndem Gelag
Pietro saß – ein Engel ihm zur Seite,
Ein Engel, den Fernando kennt, der ihm
In Träumen selbst so glänzend nie erschienen.
Ein einz'ger Blick zeigt ihm, was er besessen,
Zeigt ihm, was er auf immerdar verloren.

Eboli. Unglücklicher Fernando!

Königin.

Die Geschichte
Ist doch zu Ende, Chevalier? – Sie muß
Zu Ende sein.

Marquis.

Noch nicht ganz.

Königin.

Sagten Sie
Uns nicht, Fernando sei Ihr Freund gewesen?

Marquis. Ich habe keinen theurern.

Eboli.

Fahren Sie
Doch fort in der Geschichte, Chevalier.

Marquis. Sie wird sehr traurig – und das Angedenken
Erneuert meinen Schmerz. Erlassen Sie
Mir den Beschluß. –

(Ein allgemeines Stillschweigen.)

Königin *(wendet sich zur Prinzessin von Eboli).*
Nun wird mir endlich doch
Vergönnt sein, meine Tochter zu umarmen? –
Prinzessin, bringen Sie sie mir.

(Diese entfernt sich. Der Marquis winkt einem Pagen, der sich im Hintergrunde zeigt und sogleich verschwindet. Die Königin erbricht die Briefe, die der Marquis ihr gegeben, und scheint überrascht zu werden. In dieser Zeit spricht der Marquis geheim und sehr angelegentlich mit der Marquisin von Mondecar. – Die Königin hat die Briefe gelesen und wendet sich mit einem ausforschenden Blicke zum Marquis.)

Sie haben
Uns von Mathilden nichts gesagt? Vielleicht
Weiß sie es nicht, wie viel Fernando leidet?

Marquis. Mathildens Herz hat Niemand noch ergründet –
Doch große Seelen dulden still.

Königin. Sie sehn sich um? Wen suchen Ihre Augen?

Marquis. Ich denke nach, wie glücklich ein Gewisser,
Den ich nicht nennen darf, an meinem Platze
Sein müßte.

Königin.

Wessen Schuld ist es, daß er
Es nicht ist?

Marquis *(lebhaft einfallend).* Wie? Darf ich mich unterstehen,
Dies zu erklären, wie ich will? – Er würde
Vergebung finden, wenn er jetzt erschiene?

Königin *(erschrocken).*
Jetzt, Marquis, jetzt? Was meinen Sie damit?

Marquis. Er dürfte hoffen – dürft' er?

Königin *(mit wachsender Verwirrung).*

Sie erschrecken mich,
Marquis – er wird doch nicht –

Marquis.

Hier ist er schon.

Fünfter Auftritt

Die Königin. Carlos.

(Marquis von Posa und die Marquisin von Mondecar treten nach dem Hintergrunde zurück.)

Carlos *(vor der Königin niedergeworfen).*
So ist er endlich da, der Augenblick,
Und Carl darf diese theure Hand berühren! –

Königin. Was für ein Schritt – welch eine strafbare,
Tollkühne Ueberraschung! Stehn Sie auf!
Wir sind entdeckt. Mein Hof ist in der Nähe.

Carlos. Ich steh' nicht auf – hier will ich ewig knien,
Auf diesem Platz will ich verzaubert liegen,
In dieser Stellung angewurzelt –

Königin.

Rasender!
Zu welcher Kühnheit führt Sie meine Gnade?
Wie? Wissen Sie, daß es die Königin,
Daß es die Mutter ist, an die sich diese
Verwegne Sprache richtet? Wissen Sie,
Daß ich – ich selbst von diesem Ueberfalle
Dem Könige –

Carlos.

Und daß ich sterben muß!
Man reiße mich von hier aufs Blutgerüste!
Ein Augenblick, gelebt im Paradiese,
Wird nicht zu theuer mit dem Tod gebüßt.

Königin. Und Ihre Königin?

Carlos *(steht auf).*

Gott, Gott! ich gehe –
Ich will Sie ja verlassen – Muß ich nicht,
Wenn Sie es *also* fordern? Mutter, Mutter,
Wie schrecklich spielen Sie mit mir! Ein Wink,
Ein halber Blick, ein Laut aus Ihrem Munde
Gebietet mir, zu sein und zu vergehen.
Was wollen Sie, daß noch geschehen soll?
Was unter dieser Sonne kann es geben,
Das ich nicht hinzuopfern eilen will,
Wenn Sie es wünschen?

Königin.

Fliehen Sie.

Carlos.

O Gott!

Königin. Das Einz'ge, Carl, warum ich Sie mit Thränen
Beschwöre – fliehen Sie! – eh meine Damen –
Eh meine Kerkermeister Sie und mich
Beisammen finden und die große Zeitung
Vor Ihres Vaters Ohren bringen –

Carlos.

Ich erwarte
Mein Schicksal – es sei Leben oder Tod.
Wie? Hab' ich darum meine Hoffnungen
Auf diesen einz'gen Augenblick verwiesen,
Der Sie mir endlich ohne Zeugen schenkt,
Daß falsche Schrecken mich am Ziele täuschten?
Nein, Königin! Die Welt kann hundertmal,
Kann tausendmal um ihre Pole treiben,
Eh diese Gunst der Zufall wiederholt.

Königin. Auch soll er das in Ewigkeit nicht wieder.
Unglücklicher! was wollen Sie von mir?

Carlos. O Königin, daß ich gerungen habe,
Gerungen, wie kein Sterblicher noch rang,
Ist Gott mein Zeuge – Königin, umsonst!
Hin ist mein Heldenmuth. Ich unterliege.

Königin. Nichts mehr davon – um meiner Ruhe willen –

Carlos. Sie waren mein – im Angesicht der Welt
Mir zugesprochen von zwei großen Thronen,
Mir zuerkannt von Himmel und Natur,
Und Philipp, Philipp hat mir Sie geraubt.

Königin. Er ist Ihr Vater.

Carlos.

Ihr Gemahl.

Königin.

Der Ihnen
Das größte Reich der Welt zum Erbe gibt.

Carlos. Und *Sie* zur Mutter.

Königin.

Großer Gott! Sie rasen –

Carlos. Und weiß er auch, wie reich er ist? Hat er
Ein fühlend Herz, das Ihrige zu schätzen?
Ich will nicht klagen, nein, ich will vergessen,
Wie unaussprechlich glücklich *ich* mit ihr
Geworden wäre – wenn nur *er* es ist.
Er ist es nicht – Das, das ist Höllenqual!
Er ist es nicht und wird es niemals werden.
Du nahmst mir meinen Himmel nur, um ihn
In König Philipps Armen zu vertilgen.

Königin. Abscheulicher Gedanke!

Carlos.

O, ich weiß,
Wer dieser Ehe Stifter war – ich weiß,
Wie Philipp lieben kann, und wie er freite.
Wer sind Sie denn in diesem Reich? Laß hören.
Regentin etwa? Nimmermehr! Wie könnten,
Wo *Sie* Regentin sind, die Alba würgen?
Wie könnte Flandern für den Glauben bluten?
Wie, oder sind Sie Philipps Frau? Unmöglich!
Ich kann's nicht glauben. Eine Frau besitzt
Des Mannes Herz, und wem gehört das seine?
Und bittet er nicht jede Zärtlichkeit,
Die ihm vielleicht in Fiebergluth entwischte,
Dem Scepter ab und seinen grauen Haaren?

Königin. Wer sagte Ihnen, daß an Philipps Seite
Mein Loos beweinenswürdig sei?

Carlos.

Mein Herz,
Das feurig fühlt, wie es an meiner Seite
Beneidenswürdig wäre.

Königin.

Eitler Mann!
Wenn *mein* Herz nun das Gegentheil mir sagte?
Wenn Philipps ehrerbiet'ge Zärtlichkeit
Und seiner Liebe stumme Mienensprache
Weit inniger, als seines stolzen Sohns
Verwegene Beredsamkeit, mich rührten?
Wenn eines Greisen überlegte Achtung –

Carlos. Das ist was andres – Dann – ja, dann – Vergebung.
Das wußt' ich nicht, daß Sie den König lieben.

Königin. Ihn ehren ist mein Wunsch und mein Vergnügen.

Carlos. Sie haben nie geliebt?

Königin.

Seltsame Frage!

Carlos. Sie haben nie geliebt?

Königin.

– Ich liebe nicht mehr.

Carlos. Weil es Ihr Herz, weil es Ihr Eid verbietet?

Königin. Verlassen Sie mich, Prinz, und kommen Sie
Zu keiner solchen Unterredung wieder.

Carlos. Weil es Ihr Eid, weil es Ihr Herz verbietet?

Königin. Weil meine Pflicht – – Unglücklicher, wozu
Die traurige Zergliederung des Schicksals,
Dem Sie und ich gehorchen müssen?

Carlos.

Müssen?
Gehorchen müssen?

Königin.

Wie? Was wollen Sie
Mit diesem feierlichen Ton?

Carlos.

So viel,
Daß Carlos nicht gesonnen ist, zu müssen,
Wo er zu wollen hat; daß Carlos nicht
Gesonnen ist, der Unglückseligste
In diesem Reich zu bleiben, wenn es ihm
Nichts als den Umsturz der Gesetze kostet,
Der Glücklichste zu sein.

Königin.

Versteh' ich Sie?
Sie hoffen noch? Sie wagen es, zu hoffen,
Wo Alles, Alles schon verloren ist?

Carlos. Ich gebe nichts verloren, als die Todten.

Königin. Auf mich, auf Ihre Mutter, hoffen Sie?
(Sie sieht ihn lange und durchdringend an – dann mit Würde und Ernst:)
Warum nicht? O, der neu erwählte König
Kann mehr als das – kann die Verordnungen
Des abgeschiednen durch das Feu'r vertilgen,
Kann seine Bilder stürzen, kann sogar –
Wer hindert ihn? – die Mumie des todten
Aus ihrer Ruhe zu Escurial
Hervor ans Licht der Sonne reißen, seinen
Entweihten Staub in die vier Winde streun
Und dann zuletzt, um würdig zu vollenden –

Carlos. Um Gottes willen, reden Sie nicht aus.

Königin. Zuletzt noch mit der Mutter sich vermählen.

Carlos. Verfluchter Sohn! *(Er steht einen Augenblick starr und sprachlos.)*
Ja, es ist aus. Jetzt ist
Es aus – Ich fühle klar und helle, was
Mir ewig, ewig dunkel bleiben sollte.
Sie sind für mich dahin – dahin – dahin –

Auf immerdar! – Jetzt ist der Wurf gefallen.
Sie sind für mich verloren – O, in diesem
Gefühl liegt Hölle – Hölle liegt im andern,
Sie zu besitzen. – Weh'! ich fass' es nicht,
Und meine Nerven fangen an zu reißen.

Königin. Beklagenswerther, theurer Carl! Ich fühle –
Ganz fühl' ich sie, die namenlose Pein,
Die jetzt in Ihrem Busen tobt. Unendlich,
Wie Ihre Liebe, ist Ihr Schmerz. Unendlich,
Wie er, ist auch der Ruhm, ihn zu besiegen.
Erringen Sie ihn, junger Held. Der Preis
Ist dieses hohen, starken Kämpfers werth,
Des Jünglings werth, durch dessen Herz die Tugend
So vieler königlicher Ahnen rollt.
Ermannen Sie sich, edler Prinz. – Der Enkel
Des großen Carls fängt frisch zu ringen an,
Wo andrer Menschen Kinder muthlos enden.

Carlos. Zu spät! O Gott, es ist zu spät!

Königin.

Ein Mann
Zu sein? O Carl! wie groß wird unsre Tugend,
Wenn unser Herz bei ihrer Uebung bricht!
Hoch stellte Sie die Vorsicht – höher, Prinz,
Als Millionen Ihrer andern Brüder.
Parteilich gab sie ihrem Liebling, was
Sie andern nahm, und Millionen fragen:
Verdiente Der im Mutterleibe schon,
Mehr als wir andern Sterblichen zu gelten?
Auf, retten Sie des Himmels Billigkeit!
Verdienen Sie, der Welt voran zu gehn,
Und opfern Sie, was Keiner opferte!

Carlos. Das kann ich auch. – Sie zu erkämpfen, hab'
Ich Riesenkraft; Sie zu verlieren, keine.

Königin. Gestehen Sie es, Carlos – Trotz ist es
Und Bitterkeit und Stolz, was Ihre Wünsche
So wüthend nach der Mutter zieht. Die Liebe,
Das Herz, das Sie verschwenderisch mir opfern,
Gehört den Reichen an, die Sie dereinst
Regieren sollen. Sehen Sie, Sie prassen
Von Ihres Mündels anvertrautem Gut.
Die Liebe ist Ihr großes Amt. Bis jetzt
Verirrte sie zur Mutter. – Bringen Sie
O, bringen Sie sie Ihren künft'gen Reichen
Und fühlen Sie, statt Dolchen des Gewissens,
Die Wollust, Gott zu sein. Elisabeth
War Ihre erste Liebe; Ihre zweite
Sei Spanien. Wie gerne, guter Carl,
Will ich der besseren Geliebten weichen!

Carlos *(wirft sich, von Empfindung überwältigt, zu ihren Füßen).*
Wie groß sind Sie, o Himmlische! – Ja, Alles,
Was Sie verlangen, will ich thun. – Es sei!
(Er steht auf.)
Hier steh' ich in der Allmacht Hand und schwöre
Und schwöre Ihnen, schwöre ewiges –
O Himmel, nein! nur ewiges Verstummen,
Doch ewiges Vergessen nicht.

Königin.

Wie könnt' ich
Von Carlos fordern, was ich selbst zu leisten
Nicht Willens bin?

Marquis *(eilt aus der Allee).* Der König!

Königin.

Gott!

Marquis.

Hinweg,
Hinweg aus dieser Gegend, Prinz!

Königin.

Sein Argwohn
Ist fürchterlich, erblickt er Sie –

Carlos.

Ich bleibe.

Königin. Und wer wird dann das Opfer sein?

Carlos *(zieht den Marquis am Arme).*

Fort, fort!
Komm, Roderich! *(Er geht und kommt noch einmal zurück.)*
Was darf ich mit mir nehmen?

Königin. Die Freundschaft Ihrer Mutter.

Carlos.

Freundschaft! Mutter!

Königin. Und diese Thränen aus den Niederlanden.

(Sie gibt ihm einige Briefe. Carl und der Marquis gehen ab. Die Königin sieht sich unruhig nach ihren Damen um, welche sich nirgends erblicken lassen. Wie sie nach dem Hintergrunde zurückgehen will, erscheint der König.)

Sechster Auftritt

König. Königin. Herzog Alba. Graf Lerma. Domingo. *Einige Damen und Granden, welche in der Entfernung zurückbleiben.*

König *(sieht mit Befremdung umher und schweigt eine Zeitlang).*
Was seh' ich? Sie hier? So allein, Madame?
Und auch nicht *eine* Dame zur Begleitung?
Das wundert mich – wo blieben Ihre Frauen?

Königin. Mein gnädigster Gemahl –

König.

Warum allein? *(Zum Gefolge)*
Von diesem unverzeihlichen Versehn
Soll man die strengste Rechenschaft mir geben.

Wer hat das Hofamt bei der Königin?
Wen traf der Rang, sie heute zu bedienen?

Königin. O, zürnen Sie nicht, mein Gemahl – ich selbst,
Ich bin die Schuldige – – auf mein Geheiß
Entfernte sich die Fürstin Eboli.

König. Auf Ihr Geheiß?

Königin.

Die Kammerfrau zu rufen,
Weil ich nach der Infantin mich gesehnt.

König. Und darum die Begleitung weggeschickt?
Doch dies entschuldigt nur die erste Dame.
Wo war die zweite?

Mondecar *(welche indes zurückgekommen ist und sich unter die übrigen Damen gemischt hat, tritt hervor).*
Ihre Majestät,
Ich fühle, daß ich strafbar bin –

König.

Deßwegen
Vergönn' ich Ihnen zehen Jahre Zeit,
Fern von Madrid darüber nachzudenken.

(Die Marquisin tritt mit weinenden Augen zurück. Allgemeines Stillschweigen. Alle Umstehenden sehen bestürzt auf die Königin.)

Königin. Marquisin, *wen* beweinen Sie? *(Zum König.)* Hab' ich
Gefehlt, mein gnädigster Gemahl, so sollte
Die Königskrone dieses Reichs, wornach
Ich selber nie gegriffen habe, mich
Zum mindesten vor dem Erröthen schützen.
Gibt's ein Gesetz in diesem Königreich,
Das vor Gericht Monarchentöchter fordert?
Bloß Zwang bewacht die Frauen Spaniens?
Schützt sie ein Zeuge mehr als ihre Tugend?
Und jetzt Vergebung, mein Gemahl. – Ich bin

Es nicht gewohnt, die mir mit Freude dienten,
In Thränen zu entlassen. – Mondecar!
(Sie nimmt ihren Gürtel ab und überreicht ihn der Marquisin.)
Den König haben Sie erzürnt – nicht mich –
Drum nehmen Sie dies Denkmal meiner Gnade
In dieser Stunde. – Meiden Sie das Reich –
Sie haben nur in Spanien gesündigt;
In meinem Frankreich wischt man solche Thränen
Mit Freuden ab. – O, muß mich's ewig mahnen?
(Sie lehnt sich an die Oberhofmeisterin und bedeckt das Gesicht.)
In meinem Frankreich war's doch anders.

König *(in einiger Bewegung).*

Konnte
Ein Vorwurf meiner Liebe Sie betrüben?
Ein Wort betrüben, das die zärtlichste
Bekümmerniß auf meine Lippen legte?
(Er wendet sich gegen die Grandezza.)
Hier stehen die Vasallen meines Throns:
Sank je ein Schlaf auf meine Augenlieder,
Ich hätte denn am Abend jedes Tags
Berechnet, wie die Herzen meiner Völker
In meinen fernsten Himmelsstrichen schlagen? –
Und sollt' ich ängstlicher für meinen Thron
Als für die Gattin meines Herzens beben? –
Für meine Völker kann mein Schwert mir haften
Und – Herzog Alba; dieses Auge nur
Für meines Weibes Liebe.

Königin.

Wenn ich Sie
Beleidigt habe, mein Gemahl –

König.

Ich heiße
Der reichste Mann in der getauften Welt;
Die Sonne geht in meinem Staat nicht unter –

Doch alles Das besaß ein Andrer schon,
Wird nach mir mancher Andre noch besitzen.
Das ist mein eigen. Was der König hat,
Gehört dem Glück. – Elisabeth dem Philipp.
Hier ist die Stelle, wo ich sterblich bin.

Königin. Sie fürchten, Sire?

König.

Dies graue Haar doch nicht?
Wenn ich einmal zu fürchten angefangen,
Hab' ich zu fürchten aufgehört – *(Zu den Granden.)* Ich zähle
Die Großen meines Hofs – der erste fehlt.
Wo ist Don Carlos, mein Infant? *(Niemand antwortet.)* Der Knabe
Don Carl fängt an mir fürchterlich zu werden.
Er meidet meine Gegenwart, seitdem
Er von Alcalas hoher Schule kam.
Sein Blut ist heiß, warum sein Blick so kalt?
So abgemessen festlich sein Betragen?
Seid wachsam. Ich empfehl' es euch.

Alba.

Ich bin's.
So lang' ein Herz an diesen Panzer schlägt,
Mag sich Don Philipp ruhig schlafen legen.
Wie Gottes Cherub vor dem Paradies,
Steht Herzog Alba vor dem Thron.

Lerma.

Darf ich
Dem weisesten der Könige in Demuth
Zu widersprechen wagen? – Allzu tief
Verehr' ich meines Königs Majestät,
Als seinen Sohn so rasch und streng zu richten.
Ich fürchte viel von Carlos' heißem Blut,
Doch nichts von seinem Herzen.

König.

Graf von Lerma,
Ihr redet gut, den Vater zu bestechen;
Des Königs Stütze wird der Herzog sein –
Nichts mehr davon – *(Er wendet sich gegen sein Gefolge.)*
Jetzt eil' ich nach Madrid.
Mich ruft mein königliches Amt. Die Pest
Der Ketzerei steckt meine Völker an,
Der Aufruhr wächst in meinen Niederlanden.
Es ist die höchste Zeit. Ein schauerndes
Exempel soll die Irrenden bekehren.
Den großen Eid, den alle Könige
Der Christenheit geloben, lös' ich morgen.
Dies Blutgericht soll ohne Beispiel sein;
Mein ganzer Hof ist feierlich geladen.

(Er führt die Königin hinweg, die Uebrigen folgen.)

Siebenter Auftritt

***Don Carlos**, mit Briefen in der Hand, **Marquis von Posa** kommen von der entgegengesetzten Seite.*

Carlos. Ich bin entschlossen. Flandern sei gerettet.
Sie will es – Das ist mir genug.

Marquis.

Auch ist
Kein Augenblick mehr zu verlieren. Herzog
Von Alba, sagt, man, ist im Kabinet
Bereits zum Gouverneur ernannt.

Carlos.

Gleich morgen
Verlang' ich Audienz bei meinem Vater.
Ich fordre dieses Amt für mich. Es ist
Die erste Bitte, die ich an ihn wage.
Er kann sie mir nicht weigern. Lange schon
Sieht er mich ungern in Madrid. Welch ein
Willkommner Vorwand, mich entfernt zu halten!

Und – soll ich dir's gestehen, Roderich? –
Ich hoffe mehr – Vielleicht gelingt es mir,
Von Angesicht zu Angesicht mit ihm
In seiner Gunst mich wieder herzustellen.
Er hat noch nie die Stimme der Natur
Gehört – laß mich versuchen, Roderich,
Was sie auf meinen Lippen wird vermögen.

Marquis. Jetzt endlich hör' ich meinen Carlos wieder,
Jetzt sind Sie wieder ganz Sie selbst.

Achter Auftritt

Vorige. Graf Lerma.

Lerma.

So eben
Hat der Monarch Aranjuez verlassen.
Ich habe den Befehl –

Carlos.

Schon gut, Graf Lerma,
Ich treffe mit dem König ein.

Marquis *(macht Miene, sich zu entfernen. Mit einigem Ceremoniell).*
Sonst haben
Mir Eure Hoheit nichts mehr aufzutragen?

Carlos. Nichts, Chevalier. Ich wünsche Ihnen Glück
Zu Ihrer Ankunft in Madrid. Sie werden
Noch Mehreres von Flandern mir erzählen.
(Zu Lerma, welcher noch wartet.)
Ich folge gleich.

(Graf Lerma geht ab.)

Neunter Auftritt

Don Carlos. Der Marquis.

Carlos.

Ich habe dich verstanden.
Ich danke dir. Doch diesen Zwang entschuldigt
Nur eines Dritten Gegenwart. Sind wir
Nicht Brüder? – Dieses Possenspiel des Ranges
Sei künftighin aus unserm Bund verwiesen!
Berede dich, wir Beide hätten uns
Auf einem Ball mit Masken eingefunden,
In Sklavenkleidern du, und ich aus Laune
In einen Purpur eingemummt. So lange
Der Fasching währt, verehren wir die Lüge,
Der Rolle treu, mit lächerlichem Ernst,
Den süßen Rausch des Haufens nicht zu stören.
Doch durch die Larve winkt dein Carl dir zu,
Du drückst mir im Vorübergehn die Hände,
Und wir verstehen uns.

Marquis.

Der Traum ist göttlich.
Doch wird er nie verfliegen? Ist mein Carl
Auch seiner so gewiß, den Reizungen
Der unumschränkten Majestät zu trotzen?
Noch ist ein großer Tag zurück – ein Tag –
Wo dieser Heldensinn – ich will Sie mahnen –
In einer schweren Probe sinken wird.
Don Philipp stirbt. Carl erbt das größte Reich
Der Christenheit. – Ein ungeheurer Spalt
Reißt vom Geschlecht der Sterblichen ihn los,
Und Gott ist heut, wer gestern Mensch noch war.
Jetzt hat er keine Schwächen mehr. Die Pflichten
Der Ewigkeit verstummen ihm. Die Menschheit
– Noch heut ein großes Wort in seinem Ohr –
Verkauft sich selbst und kriecht um ihren Götzen.

Sein Mitgefühl löscht mit dem Leiden aus,
In Wollüsten ermattet seine Tugend,
Für seine Thorheit schickt ihm Peru Gold,
Für seine Laster zieht sein Hof ihm Teufel.
Er schläft berauscht in diesem Himmel ein,
Den seine Sklaven listig um ihn schufen.
Lang, wie sein Traum, währt seine Gottheit. – Wehe
Dem Rasenden, der ihn mitleidig weckte.
Was aber würde Roderich? – Die Freundschaft
Ist wahr und kühn – die kranke Majestät
Hält ihren fürchterlichen Strahl nicht aus.
Den Trotz des Bürgers würden Sie nicht dulden,
Ich nicht den Stolz des Fürsten.

Carlos.

Wahr und schrecklich
Ist dein Gemälde von Monarchen. Ja,
Ich glaube dir. – Doch nur die Wollust schloß
Dem Laster ihre Herzen auf. Ich bin
Noch rein, ein dreiundzwanzigjähr'ger Jüngling.
Was vor mir Tausende gewissenlos
In schwelgenden Umarmungen verpraßten,
Des Geistes beste Hälfte, Männerkraft,
Hab' ich dem künft'gen Herrscher aufgehoben.
Was könnte dich aus meinem Herzen drängen,
Wenn es nicht Weiber thun?

Marquis.

Ich selbst. Könnt' ich
So innig Sie noch lieben, Carl, wenn ich
Sie fürchten müßte?

Carlos.

Das wird nie geschehen.
Bedarfst du meiner? Hast du Leidenschaften,
Die von dem Throne betteln? Reizt dich Gold?
Du bist ein reichrer Unterthan, als ich

Ein König je sein werde. – Geizest du
Nach Ehre? Schon als Jüngling hattest du
Ihr Maß erschöpft – du hast sie ausgeschlagen.
Wer von uns wird der Gläubiger des Andern,
Und wer der Schuldner sein? – Du schweigst? Du zitterst
Vor der Versuchung? Nicht gewisser bist
Du deiner selbst?

Marquis.

Wohlan. Ich weiche.
Hier meine Hand.

Carlos.

Der Meinige?

Marquis.

Auf ewig
Und in des Worts verwegenster Bedeutung.

Carlos. So treu und warm, wie heute dem Infanten,
Auch dermaleinst dem König zugethan?

Marquis. Das schwör' ich Ihnen.

Carlos.

Dann auch, wenn der Wurm
Der Schmeichelei mein unbewachtes Herz
Umklammerte – wenn dieses Auge Thränen
Verlernte, die es sonst geweint – dies Ohr
Dem Flehen sich verriegelte, willst du,
Ein schreckenloser Hüter meiner Tugend,
Mich kräftig fassen, meinen Genius
Bei seinem großen Namen rufen?

Marquis.

Ja.

Carlos. Und jetzt noch eine Bitte! Nenn' mich Du.
Ich habe deines Gleichen stets beneidet

Um dieses Vorrecht der Vertraulichkeit.
Dies brüderliche *Du* betrügt mein Ohr,
Mein Herz mit süßen Ahnungen von Gleichheit.
– Keinen Einwurf – Was du sagen willst, errath' ich.
Dir ist es Kleinigkeit, ich weiß – doch mir,
Dem Königssohne, ist es viel. Willst du
Mein Bruder sein?

Marquis.

Dein Bruder!

Carlos.

Jetzt zum König.
Ich fürchte nichts mehr – Arm in Arm mit dir,
So fordr' ich mein Jahrhundert in die Schranken.

(Sie gehen ab.)

Zweiter Akt

Im königlichen Palast zu Madrid.

Erster Auftritt

***König Philipp** unter einem Thronhimmel. **Herzog Alba** in einiger Entfernung von dem König, mit bedecktem Haupt. **Carlos**.*

Carlos. Den Vortritt hat das Königreich. Sehr gerne
Steht Carlos dem Minister nach. Er spricht
Für Spanien – ich bin der Sohn des Hauses.

(Er tritt mit einer Verbeugung zurück.)

Philipp. Der Herzog bleibt, und der Infant mag reden.

Carlos *(sich gegen Alba wendend).*
So muß ich denn von *Ihrer* Großmuth, Herzog,
Den König mir als ein Geschenk erbitten.
Ein Kind – Sie wissen ja – kann Mancherlei

An seinen Vater auf dem Herzen tragen,
Das nicht für einen Dritten taugt. Der König
Soll Ihnen unbenommen sein – ich will
Den Vater nur für diese kurze Stunde.

Philipp. Hier steht sein Freund.

Carlos.

Hab' ich es auch verdient,
Den meinigen im Herzog zu vermuthen?

Philipp. Auch je verdienen mögen? – Mir gefallen
Die Söhne nicht, die beßre Wahlen treffen,
Als ihre Väter.

Carlos.

Kann der Ritterstolz
Des Herzogs Alba diesen Auftritt hören?
So wahr ich lebe, den Zudringlichen,
Der zwischen Sohn und Vater unberufen
Sich einzudringen nicht erröthet, der
In seines Nichts durchbohrendem Gefühle
So dazustehen sich verdammt, möcht' ich
Bei Gott – und gält's ein Diadem – nicht spielen.

Philipp *(verläßt seinen Sitz mit einem zornigen Blick auf den Prinzen).*
Entfernt Euch, Herzog!

(Dieser geht nach der Hauptthüre, durch welche Carlos gekommen war; der König winkt ihm nach einer andern.)

Nein, ins Kabinet,
Bis ich Euch rufe.

Zweiter Auftritt

König Philipp. Don Carlos.

Carlos *(geht, sobald der Herzog das Zimmer verlassen hat, auf den König zu und fällt vor ihm nieder, im Ausdruck der höchsten Empfindung).*
Jetzt mein Vater wieder,

Jetzt wieder mein, und meinen besten Dank
Für diese Gnade. – Ihre Hand, mein Vater. –
O süßer Tag! – Die Wonne dieses Kusses
War Ihrem Kinde lange nicht gegönnt.
Warum von Ihrem Herzen mich so lange
Verstoßen, Vater? Was hab' ich gethan?

Philipp. Infant, dein Herz weiß nichts von diesen Künsten.
Erspare sie, ich mag sie nicht.

Carlos *(aufstehend).*

Das war es!
Da hör' ich Ihre Höflinge – Mein Vater!
Es ist nicht gut, bei Gott! nicht Alles gut,
Nicht Alles, was ein Priester sagt, nicht Alles,
Was eines Priesters Creaturen sagen.
Ich bin nicht schlimm, mein Vater – heißes Blut
Ist meine Bosheit, mein Verbrechen Jugend.
Schlimm bin ich nicht, schlimm wahrlich nicht – wenn auch
Oft wilde Wallungen mein Herz verklagen,
Mein Herz ist gut –

Philipp.

Dein Herz ist rein, ich weiß es,
Wie dein Gebet.

Carlos.

Jetzt oder nie! – Wir sind allein.
Der Etikette bange Scheidewand
Ist zwischen Sohn und Vater eingesunken.
Jetzt oder nie! Ein Sonnenstrahl der Hoffnung
Glänzt in mir auf, und eine süße Ahnung
Fliegt durch mein Herz – Der ganze Himmel beugt
Mit Schaaren froher Engel sich herunter,
Voll Rührung sieht der Dreimalheilige
Dem großen schönen Auftritt zu! – Mein Vater!
Versöhnung! *(Er fällt ihm zu Füßen.)*

Philipp. Laß mich und steh auf!

Carlos. Versöhnung!

Philipp *(will sich von ihm losreißen.)*
Zu kühn wird mir dies Gaukelspiel –

Carlos. Zu kühn
Die Liebe deines Kindes?

Philipp. Vollends Thränen?
Unwürd'ger Anblick! – Geh aus meinen Augen.

Carlos. Jetzt oder nie! – Versöhnung, Vater!

Philipp. Weg
Aus meinen Augen! Komm mit Schmach bedeckt
Aus meinen Schlachten, meine Arme sollen
Geöffnet sein, dich zu empfangen – So
Verwerf' ich dich. – Die feige Schuld allein
Wird sich in solchen Quellen schimpflich waschen.
Wer zu bereuen nicht erröthet, wird
Sich Reue nie ersparen.

Carlos. Wer ist das?
Durch welchen Mißverstand hat dieser Fremdling
Zu Menschen sich verirrt? – Die ewige
Beglaubigung der Menschheit sind ja Thränen,
Sein Aug' ist trocken, ihn gebar kein Weib –
O, zwingen Sie die nie benetzten Augen,
Noch zeitig Thränen einzulernen, sonst,
Sonst möchten Sie's in einer harten Stunde
Noch nachzuholen haben.

Philipp. Denkst du den schweren Zweifel deines Vaters
Mit schönen Worten zu erschüttern?

Carlos. Zweifel?
Ich will ihn tilgen, diesen Zweifel – will
Mich hängen an das Vaterherz, will reißen,
Will mächtig reißen an dem Vaterherzen,
Bis dieses Zweifels felsenfeste Rinde

Von diesem Herzen niederfällt. – Wer sind sie,
Die mich aus meines Königs Gunst vertrieben?
Was bot der Mönch dem Vater für den Sohn?
Was wird ihm Alba für ein kinderlos
Verscherztes Leben zur Vergütung geben?
Sie wollen Liebe? – Hier in diesem Busen
Springt eine Quelle, frischer, feuriger,
Als in den trüben, sumpfigsten Behältern,
Die Philipps Gold erst öffnen muß.

Philipp. Vermeßner,
Halt ein! – Die Männer, die du wagst zu schmähn,
Sind die geprüften Diener meiner Wahl,
Und du wirst sie verehren.

Carlos. Nimmermehr.
Ich fühle mich. Was Ihre Alba leisten,
Das kann auch Carl, und Carl kann mehr. Was fragt
Ein Miethling nach dem Königreich, das nie
Sein eigen sein wird? – Was bekümmert's *den*,
Wenn Philipps graue Haare weiß sich färben?
Ihr Carlos hätte Sie geliebt. – Mir graut
Vor dem Gedanken, einsam und allein,
Auf einem *Thron* allein zu sein. –

Philipp *(von diesen Worten ergriffen, steht nachdenkend und in sich gekehrt. Nach einer Pause).*
Ich *bin* allein.

Carlos *(mit Lebhaftigkeit und Wärme auf ihn zugehend).*
Sie sind's gewesen. Hassen Sie mich nicht mehr,
Ich will Sie kindlich, will Sie feurig lieben,
Nur hassen Sie mich nicht mehr. – Wie entzückend
Und süß ist es, in einer schönen Seele
Verherrlicht uns zu fühlen, es zu wissen,
Daß unsre Freude fremde Wangen röthet,
Daß unsre Angst in fremdem Busen zittert,
Daß unsre Leiden fremde Augen wässern!
Wie schön ist es und herrlich, Hand in Hand

Mit einem theuern, vielgeliebten Sohn
Der Jugend Rosenbahn zurück zu eilen,
Des Lebens Traum noch einmal durchzuträumen!
Wie groß und süß, in seines Kindes Tugend
Unsterblich, unvergänglich fortzudauern,
Wohlthätig für Jahrhunderte! – Wie schön,
Zu pflanzen, was ein lieber Sohn einst erntet,
Zu sammeln, was ihm wuchern wird, zu ahnen,
Wo hoch sein Dank einst flammen wird! – Mein Vater,
Von diesem Erdenparadiese schwiegen
Sehr weislich ihre Mönche.

Philipp *(nicht ohne Rührung).* O, mein Sohn,
Mein Sohn! du brichst dir selbst den Stab. Sehr reizend
Malst du ein Glück, das – du mir nie gewährtest.

Carlos. Das richte der Allwissende! – Sie selbst,
Sie schlossen mich, wie aus dem Vaterherzen,
Von Ihres Scepters Anteil aus. Bis jetzt,
Bis diesen Tag – o, war das gut, war's billig? –
Bis jetzt mußt' ich, der Erbprinz Spaniens,
In Spanien ein Fremdling sein, Gefangner
Auf diesem Grund, wo ich einst Herr sein werde.
War das gerecht, war's gütig? – O, wie oft,
Wie oft, mein Vater, sah ich schamroth nieder,
Wenn die Gesandten fremder Potentaten,
Wenn Zeitungsblätter mir das Neueste
Vom Hofe zu Aranjuez erzählten!

Philipp. Zu heftig braust das Blut in deinen Adern.
Du würdest nur zerstören.

Carlos. Geben Sie
Mir zu zerstören, Vater. – Heftig braust's
In meine Adern – Dreiundzwanzig Jahre,
Und nichts für die Unsterblichkeit gethan!
Ich bin erwacht, ich fühle mich. – Mein Ruf
Zum Königsthron pocht, wie ein Gläubiger,
Aus meinem Schlummer mich empor, und alle

Verlornen Stunden meiner Jugend mahnen
Mich laut wie Ehrenschulden. Er ist da,
Der große, schöne Augenblick, der endlich
Des hohen Pfundes Zinsen von mir fordert:
Mich ruft die Weltgeschichte, Ahnenruhm
Und des Gerüchtes donnernde Posaune.
Nun ist die Zeit gekommen, mir des Ruhmes
Glorreiche Schranken aufzuthun. – Mein König,
Darf ich die Bitte auszusprechen wagen,
Die mich hieher geführt?

Philipp. Noch eine Bitte?
Entdecke sie.

Carlos. Der Aufruhr in Brabant
Wächst drohend an. Der Starrsinn der Rebellen
Heischt starke, kluge Gegenwehr. Die Wuth
Der Schwärmer zu bezähmen, soll der Herzog
Ein Heer nach Flandern führen, von dem König
Mit souveräner Vollmacht ausgestattet.
Wie ehrenvoll ist dieses Amt, wie ganz
Dazu geeignet, Ihren Sohn im Tempel
Des Ruhmes einzuführen! – Mir, mein König,
Mir übergeben Sie das Heer. Mich lieben
Die Niederländer; ich erkühne mich,
Mein Blut für ihre Treue zu verbürgen.

Philipp. Du redest, wie ein Träumender. Dies Amt
Will einen Mann und keinen Jüngling –

Carlos. Will
Nur einen Menschen, Vater, und das ist
Das Einzige, was Alba nie gewesen.

Philipp. Und Schrecken bändigt die Empörung nur.
Erbarmung hieße Wahnsinn. – Deine Seele
Ist weich, mein Sohn, der Herzog wird gefürchtet –
Steh ab von deiner Bitte.

Carlos. Schicken Sie
Mich mit dem Heer nach Flandern, wagen Sie's
Auf meine weiche Seele. Schon der Name
Des königlichen Sohnes, der voraus
Vor meinen Fahnen fliegen wird, erobert,
Wo Herzog Albas Henker nur verheeren.
Aus meinen Knieen bitt' ich drum. Es ist
Die erste Bitte meines Lebens – Vater,
Vertrauen Sie mir Flandern –

Philipp *(den Infanten mit einem durchdringenden Blick betrachtend).*
Und zugleich
Mein bestes Kriegsheer deiner Herrschbegierde?
Das Messer meinem Mörder?

Carlos. O mein Gott!
Bin ich nicht weiter, und ist das die Frucht
Von dieser längst erbetnen großen Stunde?
(Nach einigem Nachdenken, mit gemildertem Ernst.)
Antworten Sie mir sanfter! Schicken Sie
Mich so nicht weg! Mit dieser übeln Antwort
Möcht' ich nicht gern entlassen sein, nicht gern
Entlassen sein mit diesem schweren Herzen.
Behandeln Sie mich gnädiger. Es ist
Mein dringendes Bedürfniß, ist mein letzter,
Verzweifelter Versuch – ich kann's nicht fassen,
Nicht standhaft tragen wie ein Mann, daß Sie
Mir Alles, Alles, Alles so verweigern.
Jetzt lassen Sie mich von sich. Unerhört,
Von tausend süßen Ahnungen betrogen,
Geh' ich aus Ihrem Angesicht. – Ihr Alba
Und Ihr Domingo werden siegreich thronen,
Wo jetzt Ihr Kind im Staub geweint. Die Schaar
Der Höflinge, die bebende Grandezza,
Der Mönche sünderbleiche Zunft war Zeuge,
Als Sie mir feierlich Gehör geschenkt.
Beschämen Sie mich nicht! So tödtlich, Vater,
Verwunden Sie mich nicht, dem frechen Hohn

Des Hofgesindes schimpflich mich zu opfern,
Daß Fremdlinge von Ihrer Gnade schwelgen,
Ihr Carlos nichts erbitten kann. Zum Pfande,
Daß Sie mich ehren wollen, schicken Sie
Mich mit dem Heer nach Flandern.

Philipp. Wiederhole
Dies Wort nicht mehr, bei deines Königs Zorn.

Carlos. Ich wage meines Königs Zorn und bitte
Zum letzten Mal – Vertrauen Sie mir Flandern.
Ich soll und muß aus Spanien. Mein Hiersein
Ist Athemholen unter Henkershand –
Schwer liegt der Himmel zu Madrid auf mir,
Wie das Bewußtsein eines Mords. Nur schnelle
Veränderung des Himmels kann mich heilen.
Wenn Sie mich retten wollen – schicken Sie
Mich ungesäumt nach Flandern.

Philipp *(mit erzwungener Gelassenheit).* *Solche* Kranke
Wie du, mein Sohn, verlangen gute Pflege
Und wohnen unterm Aug' des Arzts. Du bleibst
In Spanien; der Herzog geht nach Flandern.

Carlos *(außer sich).* O, jetzt umringt mich, gute Geister –

Philipp *(der einen Schritt zurücktritt).* Halt!
Was wollen diese Mienen sagen?

Carlos *(mit schwankender Stimme).* Vater,
Unwiderruflich bleibt's bei *der* Entscheidung?

Philipp. Sie kam vom König.

Carlos. Mein Geschäft ist aus.

(Geht ab in heftiger Bewegung.)

Dritter Auftritt

Philipp bleibt eine Zeitlang in düstres Nachdenken versunken stehen – endlich geht er einige Schritte im Saal auf und nieder. Alba nähert sich verlegen.

Philipp. Seid jede Stunde des Befehls gewärtig,
Nach Brüssel abzugehen.

Alba. Alles steht
Bereit, mein König.

Philipp. Eure Vollmacht liegt
Versiegelt schon im Kabinet. Indessen
Nehmt Euren Urlaub von der Königin
Und zeiget Euch zum Abschied dem Infanten.

Alba. Mit den Geberden eines Wüthenden
Sah ich ihn eben diesen Saal verlassen.
Auch Eure königliche Majestät
Sind außer sich und scheinen tief bewegt –
Vielleicht der Inhalt des Gesprächs?

Philipp *(nach einigem Auf- und Niedergehen).* Der Inhalt
War Herzog Alba.
(Der König bleibt mit dem Aug' auf ihm haften, finster.)
– Gerne mag ich hören,
Daß Carlos meine Räthe *haßt*, doch mit
Verdruß entdeck' ich, daß er sie *verachtet.*

Alba *(entfärbt sich und will auffahren).*

Philipp. Jetzt keine Antwort. Ich erlaube Euch,
Den Prinzen zu versöhnen.

Alba. Sire!

Philipp. Sagt an:
Wer war es doch, der mich zum ersten Mal
Vor meines Sohnes schwarzem Anschlag warnte?
Da hört' ich *Euch* und nicht auch *ihn*. Ich will
Die Probe wagen, Herzog. Künftighin
Steht Carlos meinem Throne näher. Geht.

(Der König begibt sich in das Kabinet. Der Herzog entfernt sich durch eine andere Thüre.)

Vierter Auftritt

Ein Vorsaal vor dem Zimmer der Königin.

Don Carlos *kommt im Gespräch mit einem* **Pagen** *durch die Mittelthüre. Die Hofleute, welche sich im Vorsaal befinden, zerstreuen sich bei seiner Ankunft in den angrenzenden Zimmern.*

Carlos. Ein Brief an mich? – Wozu denn dieser Schlüssel?
Und Beides mir so heimlich überliefert?
Komm näher. – Wo empfingst du das?

Page *(geheimnißvoll).* Wie mich
Die Dame merken lassen, will sie lieber
Errathen, als beschrieben sein –

Carlos *(zurückfahrend).* Die Dame?
(Indem er den Pagen genauer betrachtet.)
Was? – Wie? – Wer bist du denn?

Page. Ein Edelknabe
Von Ihrer Majestät der Königin –

Carlos *(erschrocken auf ihn zugehend und ihm die Hand auf den Mund drückend).*
Du bist des Todes. Halt! Ich weiß genug.
(Er reißt hastig das Siegel auf und tritt an das äußerste Ende des Saals, den Brief zu lesen. Unterdessen kommt der Herzog von Alba und geht, ohne von dem Prinzen bemerkt zu werden, an ihm vorbei in der Königin Zimmer. Carlos fängt an heftig zu zittern und wechselweise zu erblassen und zu erröthen. Nachdem er gelesen hat, steht er lange sprachlos, die Augen starr auf den Brief geheftet. – Endlich wendet er sich zu dem Pagen.)
Sie gab dir selbst den Brief?

Page. Mit eignen Händen.

Carlos. Sie gab dir selbst den Brief? – O, spotte nicht.
Noch hab' ich nichts von ihrer Hand gelesen,
Ich muß dir glauben, wenn du schwören kannst.

Wenn's Lüge war, gesteh' mir's offenherzig
Und treibe keinen Spott mit mir.

Page. Mit wem?

Carlos *(sieht wieder in den Brief und betrachtet den Pagen mit zweifelhafter, forschender Miene. Nachdem er einen Gang durch den Saal gemacht hat).*
Du hast noch Eltern? Ja? Dein Vater dient
Dem Könige und ist ein Kind des Landes?

Page. Er fiel bei St. Quentin, ein Oberster
Der Reiterei des Herzogs von Savoyen,
Und hieß Alonzo Graf von Henarez.

Carlos *(indem er ihn bei der Hand nimmt und die Augen bedeutend auf ihn heftet.)*
Den Brief gab dir die Königin?

Page *(empfindlich).* Gnäd'ger Prinz,
Verdien' ich diesen Argwohn?

Carlos *(liest den Brief).* „Dieser Schlüssel öffnet
„Die hintern Zimmer im Pavillon
Der Königin. Das äußerste von allen
Stößt seitwärts an ein Kabinet, wohin
Noch keines Horchers Fußtritt sich verloren.
Hier darf die Liebe frei und laut gestehn,
Was sie so lange Winken nur vertraute.
Erhörung wartet auf den Furchtsamen,
Und schöner Lohn auf den bescheidnen Dulder."
(Wie aus einer Betäubung erwachend.)
Ich träume nicht – ich rase nicht – Das ist
Mein rechter Arm – Das ist mein Schwert – Das sind
Geschriebne Silben. Es ist wahr und wirklich,
Ich bin geliebt – ich bin es – ja, ich bin,
Ich bin geliebt!

(Außer Fassung durchs Zimmer stürzend und die Arme zum Himmel emporgeworfen.)

Page. So kommen Sie, mein Prinz, ich führe Sie.

Carlos. Erst laß mich zu mir selber kommen. – Zittern
Nicht alle Schrecken dieses Glücks noch in mir?
Hab' ich so stolz gehofft? Hab' ich das je
Zu träumen mir getraut? Wo ist der Mensch,
Der sich so schnell gewöhnte, Gott zu sein? –
Wer war ich, und wer bin ich nun? Das ist
Ein andrer Himmel, eine andre Sonne,
Als vorhin da gewesen war – Sie liebt mich!

Page *(will ihn fortführen).*
Prinz, Prinz, hier ist der Ort nicht – Sie vergessen –

Carlos *(von einer plötzlichen Erstarrung ergriffen).*
Den König, meinen Vater!
(Er läßt den Arm sinken, blickt scheu umher und fängt an sich zu sammeln.)
Das ist schrecklich –
Ja, ganz recht, Freund. Ich danke dir, ich war
So eben nicht ganz bei mir. – Daß ich das
Verschweigen soll, der Seligkeit so viel
In diese Brust vermauern soll, ist schrecklich.
(Den Pagen bei der Hand fassend und bei Seite führend.)
Was du gesehn – hörst du? und nicht gesehen,
Sei wie ein Sarg in deiner Brust versunken.
Jetzt geh. Ich will mich finden. Geh! Man darf
Uns hier nicht treffen. Geh –

Page *(will fort).*

Carlos Doch halt! doch höre! –
(Der Page kommt zurück. Carlos legt ihm die Hand auf die Schulter und sieht ihm ernst und feierlich ins Gesicht.)
Du nimmst ein schreckliches Geheimniß mit,
Das, jenen starken Giften gleich, die Schale,
Worin es aufgefangen wird, zersprengt. –
Beherrsche deine Mienen gut. Dein Kopf
Erfahre niemals, was dein Busen hütet.
Sei wie das todte Sprachrohr, das den Schall
Empfängt und wiedergibt und selbst nicht höret.
Du bist ein Knabe – sei es immerhin

Und fahre fort, den Fröhlichen zu spielen –
Wie gut verstand's die kluge Schreiberin,
Der Liebe einen Boten auszulesen!
Hier sucht der König seine Nattern nicht.

Prinz. Und ich, mein Prinz, ich werde stolz drauf sein,
Um ein Geheimniß reicher mich zu wissen,
Als selbst der König –

Carlos. Eitler junger Thor,
Das ist's, wovor du zittern mußt. – Geschieht's,
Daß wir uns öffentlich begegnen, schüchtern,
Mit Unterwerfung nahst du mir. Laß nie
Die Eitelkeit zu Winken dich verführen,
Wie gnädig der Infant dir sei. Du kannst
Nicht schwerer sündigen, mein Sohn, als wenn
Du *mir* gefällst. – Was du mir künftig magst
Zu hinterbringen haben, sprich es nie
Mit Silben aus, vertrau' es nie den Lippen;
Den allgemeinen Fahrweg der Gedanken
Betrete deine Zeitung nicht. Du sprichst
Mit deinen Wimpern, deinem Zeigefinger;
Ich höre dir mit Blicken zu. Die Luft,
Das Licht um uns ist Philipps Creatur,
Die tauben Wände stehn in seinem Solde –
Man kommt –
(Das Zimmer der Königin öffnet sich, und der Herzog von Alba tritt heraus.)
Hinweg! Auf Wiedersehen!

Page. Prinz,
Daß Sie das rechte Zimmer nur nicht fehlen! *(Ab.)*

Carlos. Es ist der Herzog. – Nein doch, nein! Schon gut!
Ich finde mich.

Fünfter Auftritt

Don Carlos. Herzog von Alba.

Alba *(ihm in den Weg tretend).* Zwei Worte, gnäd'ger Prinz.

Carlos. Ganz recht – schon gut – ein andermal. *(Er will gehen.)*

Alba. Der Ort
Scheint freilich nicht der schicklichste. Vielleicht
Gefällt es Eurer königlichen Hoheit,
Auf Ihrem Zimmer mir Gehör zu geben?

Carlos. Wozu? Das kann hier auch geschehn. – Nur schnell,
Nur kurz –

Alba. Was eigentlich hierbei mich führt,
Ist, Eurer Hoheit unterthän'gen Dank
Für das Bewußte abzutragen –

Carlos. Dank?
Mir Dank? Wofür? – Und Dank von Herzog Alba?

Alba. Denn kaum, daß Sie das Zimmer des Monarchen
Verlassen hatten, ward mir angekündigt,
Nach Brüssel abzugehen.

Carlos. Brüssel! So!

Alba. Wem sonst, mein Prinz, als Ihrer gnädigen
Verwendung bei des Königs Majestät,
Kann ich es zuzuschreiben haben? –

Carlos. Mir?
Mir ganz und gar nicht – mir wahrhaftig nicht.
Sie reisen – reisen Sie mit Gott!

Alba. Sonst nichts?
Das nimmt mich Wunder – Eure Hoheit hätten
Mir weiter nichts nach Flandern aufzutragen?

Carlos. Was sonst? was dort?

Alba. Dort schien es noch vor Kurzem,
Als forderte das Schicksal dieser Länder
Don Carlos' eigne Gegenwart.

Carlos. Wie so?
Doch ja – ja recht – Das war vorhin – das ist
Auch so ganz gut, recht gut, um so viel besser –

Alba. Ich höre mit Verwunderung –

Carlos *(nicht mit Ironie).* Sie sind
Ein großer General – wer weiß das nicht?
Der Neid muß es beschwören. Ich – ich bin
Ein junger Mensch. So hat es auch der König
Gemeint. Der König hat ganz Recht, ganz Recht.
Ich seh's jetzt ein, ich bin vergnügt, und also
Genug davon. Glück auf den Weg. Ich kann
Jetzt, wie Sie sehen, schlechterdings – ich bin
So eben etwas überhäuft – das Weitere
Auf morgen, oder wenn Sie wollen, oder
Wenn Sie von Brüssel wiederkommen –

Alba. Wie?

Carlos *(nach einigem Stillschweigen, wie er sieht, daß der Herzog noch immer bleibt).*
Sie nehmen gute Jahrszeit mit. – Die Reise
Geht über Mailand, Lothringen, Burgund
Und Deutschland – Deutschland? – Recht, in Deutschland war es!
Da kenn man Sie! – Wir haben jetzt April;
Mai – Junius – im Julius, ganz recht,
Und spätestens zu Anfang des Augusts
Sind Sie in Brüssel. O, ich zweifle nicht,
Man wird sehr bald von Ihren Siegen hören.
Sie werden unsers gnädigen Vertrauens
Sich werth zu machen wissen.

Alba *(mit Bedeutung).* Werd' ich das
In meines Nichts durchbohrendem Gefühle?

Carlos *(nach einigem Stillschweigen, mit Würde und Stolz).*
Sie sind empfindlich, Herzog – und mit Recht.
Es war, ich muß bekennen, wenig Schonung
Von meiner Seite, Waffen gegen Sie
Zu führen, die Sie nicht im Stande sind
Mir zu erwiedern.

Alba. Nicht im Stande? –

Carlos *(ihm lächelnd die Hand reichend).* Schade,
Daß mir's gerade jetzt an Zeit gebricht,
Den würd'gen Kampf mit Alba auszufechten.
Ein andermal –

Alba. Prinz, wir verrechnen uns
Auf ganz verschiedne Weise. Sie zum Beispiel,
Sie sehen sich um zwanzig Jahre später,
Ich Sie um eben so viel früher.

Carlos. Nun?

Alba. Und dabei fällt mir ein, wie viele Nächte
Bei seiner schönen portugiesischen
Gemahlin, Ihrer Mutter, der Monarch
Wohl drum gegeben hätte, einen Arm,
Wie *diesen*, seiner Krone zu erkaufen!
Ihm mocht' es wohl bekannt sein, wie viel leichter
Die Sache sei, Monarchen fortzupflanzen,
Als Monarchieen – wie viel schneller man
Die Welt mit einem Könige versorge,
Als Könige mit einer Welt.

Carlos. Sehr wahr!
Doch, Herzog Alba? doch –

Alba. Und wie viel Blut,
Blut *ihres* Volkes fließen mußte, bis
Zwei Tropfen *Sie* zum König machen konnten.

Carlos. Sehr wahr, bei Gott – und in zwei Worte Alles
Gepreßt, was des Verdienstes Stolz dem Stolze

Des Glücks entgegensetzen kann. – Doch nun
Die Anwendung? doch, Herzog Alba?

Alba. Wehe
Dem zarten Wiegenkinde Majestät,
Das seiner Amme spotten kann! Wie sanft
Mag's auf dem weichen Kissen unsrer Siege
Sich schlafen lassen! An der Krone funkeln
Die Perlen nur, und freilich nicht die Wunden,
Mit denen sie errungen ward. – Dies Schwert
Schrieb fremden Völkern spanische Gesetze,
Es blitzte dem Gekreuzigten voran
Und zeichnete dem Samenkorn des Glaubens
Auf diesem Welttheil blut'ge Furchen vor:
Gott richtete im Himmel, ich auf Erden –

Carlos. Gott oder Teufel, gilt gleich viel! Sie waren
Sein rechter Arm. Ich weiß das wohl – und jetzt
Nichts mehr davon. Ich bitte. Vor gewissen
Erinnerungen möcht' ich gern mich hüten.
Ich ehre meines Vaters Wahl. Mein Vater
Braucht einen Alba; *daß* er diesen braucht,
Das ist es nicht, warum ich ihn beneide.
Sie sind ein großer Mann. – Auch das mag sein –
Ich glaub' es fast. Nur, fürcht' ich, kamen Sie
Um wenige Jahrtausende zu zeitig.
Ein Alba, sollt' ich meinen, war der Mann,
Am Ende aller Tage zu erscheinen!
Dann, wann des Lasters Riesentrotz die Langmuth
Des Himmels aufgezehrt, die reichte Ernte
Der Missethat in vollen Halmen steht
Und einen Schnitter sonder Beispiel fordert,
Dann stehen *Sie* an Ihrem Platz. – O Gott,
Mein Paradies! mein Flandern! – Doch ich soll
Es jetzt nicht denken. Still davon. Man spricht,
Sie führten einen Vorrath Blutsentenzen,
Im Voraus unterzeichnet, mit? Die Vorsicht
Ist lobenswerth. So braucht man sich vor keiner

Chicane mehr zu fürchten. – O mein Vater,
Wie schlecht verstand ich deine Meinung! Härte
Gab ich dir Schuld, weil du mir ein Geschäft
Verweigertest, wo deine Alba glänzen? –
Es war der Anfang deiner Achtung.

Alba. Prinz,
Dies Wort verdiente –

Carlos *(auffahrend).* Was?

Alba. Doch *davor* schützt Sie
Der Königssohn.

Carlos *(nach dem Schwert greifend).*
Das fordert Blut! – Das Schwert
Gezogen, Herzog!

Alba *(kalt).* Gegen wen?

Carlos *(heftig auf ihn eindringend).* Das Schwert
Gezogen, ich durchstoße Sie.

Alba *(zieht).* Wenn es
Denn sein muß – *(Sie fechten.)*

Sechster Auftritt

Die Königin. Don Carlos. Herzog von Alba.

Königin *(welche erschrocken aus ihrem Zimmer tritt).*
Bloße Schwerter!
(Zum Prinzen, unwillig und mit gebietender Stimme.)
Carlos!

Carlos *(vom Anblick der Königin außer sich gesetzt, läßt den Arm sinken, steht ohne Bewegung und sinnlos, dann eilt er auf den Herzog zu und küßt ihn.)*
Versöhnung, Herzog! Alles sei vergeben!

(Er wirft sich stumm zu der Königin Füßen, steht dann rasch auf und eilt außer Fassung fort.)

Alba *(der voll Erstaunen dasteht und kein Auge von ihnen verwendet).*
Bei Gott, das ist doch seltsam! –

Königin *(steht einige Augenblicke beunruhigt und zweifelhaft, dann geht sie langsam nach ihrem Zimmer, an der Thüre dreht sie sich um).* Herzog Alba!

(Der Herzog folgt ihr in das Zimmer.)

Ein Kabinet der Prinzessin von Eboli.

Siebenter Auftritt

***Die Prinzessin**, in einem idealischen Geschmack, schön, aber einfach gekleidet, spielt die Laute und singt. Darauf der **Page** der Königin.*

Prinzessin *(springt schnell auf).*
Er kommt!

Page *(eilfertig).* Sind Sie allein? Mich wundert sehr,
Ihn noch nicht hier zu finden; doch er muß
Im Augenblick erscheinen.

Prinzessin. Muß er? Nun,
So *will* er auch – so ist es ja entschieden –

Page. Er folgt mir auf den Fersen. – Gnäd'ge Fürstin,
Sie sind geliebt – geliebt, geliebt wie Sie
Kann's Niemand sein und Niemand sein gewesen.
Welche eine Scene sah ich an!

Prinzessin *(zieht ihn voll Ungeduld an sich).* Geschwind!
Du sprachst mit ihm? Heraus damit! Was sprach er?
Wie nahm er sich? Was waren seine Worte?
Er schien verlegen, schien bestürzt? Errieth
Er die Person, die ihm den Schlüssel schickte?
Geschwinde – oder rieth er nicht? Er rieth
Wohl gar nicht? rieth auf eine falsche? – Nun?
Antwortest du mir denn kein Wort? O pfui,
Pfui, schäme dich: so hölzern bist du nie,
So unerträglich langsam nie gewesen.

Page. Kann ich zu Worte kommen, Gnädigste?
Ich übergab ihm Schlüssel und Billet
Im Vorsaal bei der Königin. Er stutzte
Und sah mich an, da mir das Wort entwischte,
Ein Frauenzimmer sende mich.

Prinzessin. Er stutzte?
Sehr gut! sehr brav! Nur fort, erzähle weiter.

Page. Ich wollte mehr noch sagen, da erblaßt' er
Und riß den Brief mir aus der Hand und sah
Mich drohend an und sagt', er wisse Alles.
Den Brief durchlas er mit Bestürzung, fing
Auf einmal an zu zittern.

Prinzessin. Wisse Alles?
Er wisse Alles? Sagt' er das?

Page. Und fragte
Mich dreimal, viermal, ob Sie selber, wirklich
Sie selber mir den Brief gegeben?

Prinzessin. Ob
Ich selbst? Und also nannt' er meinen Namen?

Page. Den Namen – nein, den nannt' er nicht. – Es möchten
Kundschafter, sagt' er, in der Gegend horchen
Und es dem König plaudern.

Prinzessin *(befremdet).* Sagt' er das?

Page. Dem König, sagt' er, liege ganz erstaunlich,
Gar mächtig viel daran, besonders viel,
Von diesem Briefe Kundschaft zu erhalten.

Prinzessin. Dem König? Hast du recht gehört? Dem König?
War das der Ausdruck, den er brauchte?

Page. Ja!
Er nannt' es ein gefährliches Geheimniß
Und warnte ich, mit Worten und mit Winken

Gar sehr auf meiner Hut zu sein, daß ja
Der König keinen Argwohn schöpfe.

Prinzessin *(nach einigem Nachsinnen, voll Verwunderung).* Alles
Trifft zu. – Es kann nicht anders sein – er muß
Um die Geschichte wissen. – Unbegreiflich!
Wer mag ihm wohl verrathen haben? – Wer?
Ich frage noch – Wer sieht so scharf, so tief,
Wer anders, als der Falkenblick der Liebe?
Doch weiter, fahre weiter fort: er las
Das Billet –

Page. Das Billet enthalte
Ein Glück, sagt' er, vor dem er zittern müsse;
Das hab' er nie zu träumen sich getraut.
Zum Unglück trat der Herzog in den Saal,
Dies zwang uns –

Prinzessin *(ärgerlich).* Aber was in aller Welt
Hat jetzt der Herzog dort zu thun? Wo aber,
Wo bleibt er denn? Was zögert er? Warum
Erscheint er nicht? – Siehst du, wie falsch man dich
Berichtet hat? Wie glücklich wär' er schon
In so viel Zeit gewesen, als du brauchtest,
Mir zu erzählen, daß er's werden wollte!

Page. Der Herzog, fürcht' ich –

Prinzessin. Wiederum der Herzog?
Was will der *hier*? Was hat der tapfre Mann
Mit meiner stillen Seligkeit zu schaffen?
Den könnt' er stehen lassen, weiter schicken,
Wen auf der Welt kann man das nicht? – O, wahrlich,
Dein Prinz versteht sich auf die Liebe selbst
So schlecht, als, wie es schien, auf Damenherzen.
Er weiß nicht, was Minuten sind – Still, still!
Ich höre kommen. Fort! Es ist der Prinz.
(Page eilt hinaus.)
Hinweg, hinweg! – Wo hab' ich meine Laute?

Er soll mich überraschen. – Mein Gesang
Soll ihm das Zeichen geben. –

Achter Auftritt

Die Prinzessin und bald nachher Don Carlos.

Prinzessin *(hat sich in eine Ottomane geworfen und spielt).*

Carlos *(stürzt herein. Er erkennt die Prinzessin und steht da, wie vom Donner gerührt).*
Gott!
Wo bin ich?

Prinzessin *(läßt die Laute fallen. Ihm entgegen).*
Ach, Prinz Carlos? Ja, wahrhaftig!

Carlos. Wo bin ich? Rasender Betrug – ich habe
Das rechte Kabinet verfehlt.

Prinzessin. Wie gut
Versteht es Carl, die Zimmer sich zu merken,
Wo Damen ohne Zeugen sind.

Carlos. Prinzessin –
Verzeihen Sie, Prinzessin – ich – ich fand
Den Vorsaal offen.

Prinzessin. Kann das möglich sein?
Mich däucht ja doch, daß ich ihn selbst verschloß.

Carlos. Das däucht Sie nur, das däucht Sie – doch, versichert!
Sie irren sich. Verschließen wollen, ja,
Das geb' ich zu, das glaub' ich – doch verschlossen?
Verschlossen nicht, wahrhaftig nicht! Ich höre
Auf einer – Laute Jemand spielen – war's
Nicht eine Laute? *(Indem er sich zweifelnd umsieht.)*
Recht! dort liegt sie noch –
Und Laute – Das weiß Gott im Himmel! – Laute,
Die lieb' ich bis zur Raserei. Ich bin
Ganz Ohr, ich weiß nichts von mir selber, stürze
Ins Kabinet, der süßen Künstlerin,

Die mich so himmlisch rührte, mich so mächtig
Bezauberte, ins schöne Aug' zu sehen.

Prinzessin Ein liebenswürd'ger Vorwitz, den Sie doch
Sehr bald gestillt, wie ich beweisen könnte.
(Nach einigem Stillschweigen, mit Bedeutung.)
O, schätzen muß ich den bescheidnen Mann,
Der, einem Weib Beschämung zu ersparen,
In solchen Lügen sich verstrickt.

Carlos *(treuherzig).* Prinzessin,
Ich fühle selber, daß ich nur verschlimmre,
Wo ich verbessern will. Erlassen Sie
Mir eine Rolle, die ich durchzuführen
So ganz und gar verdorben bin. Sie suchten
Auf diesem Zimmer Zuflucht vor der Welt.
Hier wollten Sie, von Menschen unbehorcht,
Den stillen Wünschen Ihres Herzens leben.
Ich Sohn des Unglücks zeige mich; sogleich
Ist dieser schöne Traum gestört. – Dafür
Soll mich die schleunigste Entfernung – *(Er will gehen.)*

Prinzessin *(überrascht und betroffen, doch sogleich wieder gefaßt).* Prinz –
O, das war boshaft.

Carlos. Fürstin – ich verstehe,
Was *dieser* Blick in diesem Kabinet
Bedeuten soll, und diese tugendhafte
Verlegenheit verehr' ich. Weh dem Manne,
Den weibliches Erröthen muthig macht!
Ich bin verzagt, wenn Weiber vor mir zittern.

Prinzessin. Ist's möglich? – Ein Gewissen ohne Beispiel
Für einen jungen Mann und Königssohn!
Ja, Prinz – jetzt vollends müssen Sie mir bleiben,
Jetzt bitt' ich selbst darum: bei so viel Tugend
Erholt sich jedes Mädchens Angst. Doch wissen Sie,
Daß Ihre plötzliche Erscheinung mich
Bei meiner liebsten Arie erschreckte?

(Sie führt ihn zum Sopha und nimmt ihre Laute wieder.)
Die Arie, Prinz Carlos, werd' ich wohl
Noch einmal spielen müssen; Ihre Strafe
Soll sein, mir zuzuhören.

Carlos *(er setzt sich, nicht ganz ohne Zwang, neben die Fürstin).*
Eine Strafe,
So wünschenswerth, als mein Vergehen – und, wahrlich!
Der Inhalt war mir so willkommen, war
So göttlich schön, daß ich zum – dritten Mal
Sie hören könnte.

Prinzessin. Was? Sie haben Alles
Gehört? Das ist abscheulich, Prinz. – Es war,
Ich glaube gar, die Rede von der Liebe?

Carlos. Und, irr' ich nicht, von einer glücklichen –
Der schönste Text in diesem schönen Munde;
Doch freilich nicht so wahr gesagt, als schön.

Prinzessin. Nicht? nicht so wahr? – Und also zweifeln Sie?

Carlos *(ernsthaft).*
Ich zweifle fast, ob Carlos und die Fürstin
Von Eboli sich je verstehen können,
Wenn Liebe abgehandelt wird.
(Die Prinzessin stutzt; er bemerkt es und fährt mit einer leichten Galanterie fort.)
Denn wer,
Wer wird es diesen Rosenwangen glauben,
Daß Leidenschaft in dieser Brust gewühlt?
Läuft eine Fürstin Eboli Gefahr,
Umsonst und unerhört zu seufzen? Liebe
Kennt Der allein, der ohne Hoffnung liebt.

Prinzessin *(mit ihrer ganzen vorigen Munterkeit).*
O, still! Das klingt ja fürchterlich. – Und freilich
Scheint dieses Schicksal *Sie* vor allen Andern,
Und vollends heute – heute zu verfolgen.
(Ihn bei der Hand fassend, mit einschmeichelndem Interesse.)
Sie sind nicht fröhlich, guter Prinz. – Sie leiden –

Bei Gott, Sie leiden ja wohl gar. – Ist's möglich?
Und warum leiden, Prinz? bei diesem lauten
Berufe zum Genuß der Welt, bei allen
Geschenken der verschwendrischen Natur
Und allem Anspruch auf des Lebens Freuden?
Sie – eines großen Königs Sohn und *mehr*,
Weit mehr, als das, schon in der Fürstenwiege
Mit Gaben ausgestattet, die sogar
Auch Ihres Ranges Sonnenglanz verdunkeln?
Sie – der im ganzen strengen Rath der Weiber
Bestochne Richter sitzen hat, der Weiber,
Die über Männerwerth und Männerruhm
Ausschließend ohne Widerspruch entscheiden?
Der, wo er nur *bemerkte*, schon erobert,
Entzündet, wo er kalt geblieben, wo
Er glühen will, mit Paradiesen spielen
Und Götterglück verschenken muß – der Mann,
Den die Natur zum Glück von Tausenden
Und *Wenigen* mit gleichen Gaben schmückte,
Er selber sollte elend sein? – O Himmel!
Der du ihm Alles, Alles gabst, warum,
Warum denn nur die Augen ihm versagen,
Womit er seine Siege sieht?

Carlos *(der die ganze Zeit über in die tiefste Zerstreuung versunken war, wird durch das Stillschweigen der Prinzessin plötzlich zu sich selbst gebracht und fährt in die Höhe).*
Vortrefflich!
Ganz unvergleichlich, Fürstin! Singen Sie
Mir diese Stelle noch einmal.

Prinzessin *(sieht ihn erstaunt an).* Carlos,
Wo waren Sie indessen?

Carlos *(springt auf).* Ja, bei Gott!
Sie mahnen mich zur rechten Zeit. – Ich muß,
Muß fort – muß eilends fort.

Prinzessin *(hält ihn zurück).* Wohin?

Carlos *(in schrecklicher Beängstigung).* Hinunter
Ins Freie. – Lassen Sie mich los, Prinzessin,
Mir wird, als rauchte hinter mir die Welt
In Flammen auf –

Prinzessin *(hält ihn mit Gewalt zurück).* Was haben Sie? Woher
Dies fremde, unnatürliche Betragen?

(Carlos bleibt stehen und wird nachdenkend. Sie ergreift diesen Augenblick, ihn zu sich auf den Sopha zu ziehen.)

Sie brauchen Ruhe, lieber Carl – Ihr Blut
Ist jetzt in Aufruhr – setzen Sie sich zu mir –
Weg mit den schwarzen Fieberphantasien!
Wenn Sie sich selber offenherzig fragen,
Weiß dieser Kopf, was dieses Herz beschwert?
Und wenn er's nun auch wüßte – sollte denn
Von allen Rittern dieses Hofs nicht einer,
Von allen Damen keine – Sie zu heilen,
Sie zu verstehen, wollt' ich sagen – keine
Von allen würdig sein?

Carlos *(flüchtig, gedankenlos).* Vielleicht die Fürstin
Von Eboli –

Prinzessin *(freudig, rasch).* Wahrhaftig?

Carlos. Geben Sie
Mir eine Bittschrift – ein Empfehlungsschreiben
An meinen Vater. Geben Sie! Man spricht,
Sie gelten viel.

Prinzessin. Wer spricht das? (Ha, so war es
Der Argwohn, der dich stumm gemacht!)

Carlos. Wahrscheinlich
Ist die Geschichte schon herum. Ich habe
Den schnellen Einfall, nach Brabant zu gehn,
Um – bloß um meine Sporen zu verdienen.
Das will mein Vater nicht. – Der gute Vater

Besorgt, wenn ich Armeen commandierte –
Mein Singen könne drunter leiden.

Prinzessin. Carlos,
Sie spielen falsch. Gestehen Sie, Sie wollen
In dieser Schlangenwindung mir entgehn.
Hieher gesehen, Heuchler! Aug' in Auge!
Wer nur von Ritterthaten träumt – wird *Der*,
Gestehen Sie – wird *Der* auch wohl so tief
Herab sich lassen, Bänder, die den Damen
Entfallen sind, begierig wegzustehlen
Und – Sie verzeihn –

(Indem sie mit einer leichten Fingerbewegung seine Hemdkrause wegschnellt und eine Bandschleife, die da verborgen war, wegnimmt.)

so kostbar zu verwahren?

Carlos *(mit Befremdung zurücktretend).*
Prinzessin – Nein, das geht zu weit. – Ich bin
Verrrathen. Sie betrügt man nicht. – Sie sind
Mit Geistern, mit Dämonen einverstanden.

Prinzessin. Darüber scheinen Sie erstaunt? Darüber?
Was soll die Wette gelten, Prinz, ich rufe
Geschichten in Ihr Herz zurück, Geschichten –
Versuchen Sie es, fragen Sie mich aus.
Wenn selbst der Laube Gaukelei'n, ein Laut,
Verstümmelt in die Luft gehaucht, ein Lächeln,
Von schnellem Ernste wieder ausgelöscht,
Wenn selber schon Erscheinungen, Geberden,
Wieder Ihre Seele ferne war, mir nicht
Entgangen sind, urtheilen Sie, ob ich
Verstand, wo Sie verstanden werden wollten?

Carlos. Nun, das ist wahrlich viel gewagt. – Die Wette
Soll gelten, Fürstin. Sie versprechen mir
Entdeckungen in meinem eignen Herzen,
Um die ich selber nie gewußt.

Prinzessin *(etwas empfindlich und ernsthaft).* Nie, Prinz?
Besinnen Sie sich besser. Sehn Sie um sich.
Dies Cabinet ist keines von den Zimmern
Der Königin, wo man das Bischen Maske
Noch allenfalls zu loben fand. – Sie stutzen?
Sie werden plötzlich lauter Gluth? – O freilich,
Wer sollte wohl so scharfklug, so vermessen,
So müßig sein, den Carlos zu belauschen,
Wenn Carlos unbelauscht sich glaubt? – Wer sah's,
Wie er beim letzten Hofball seine Dame,
Die Königin, im Tanze stehen ließ
Und mit Gewalt ins nächste Paar sich drängte,
Statt seiner königlichen Tänzerin
Der Fürstin Eboli die Hand zu reichen?
Ein Irrthum, Prinz, den der Monarch sogar,
Der eben jetzt erschienen war, bemerkte!

Carlos *(mit ironischem Lächeln).*
Auch sogar *Der?* Ja freilich, gute Fürstin,
Für Den besonders war das nicht.

Prinzessin So wenig,
Als jener Auftritt in der Schloßkapelle,
Worauf sich wohl Prinz Carlos selbst nicht mehr
Besinnen wird. Sie lagen zu den Füßen
Der heil'gen Jungfrau, in Gebet ergossen,
Als plötzlich – konnten Sie dafür? – die Kleider
Gewisser Damen hinter Ihnen rauschten.
Da fing Don Philipps heldenmüth'ger Sohn,
Gleich einem Ketzer vor dem heil'gen Amte,
Zu zittern an; auf seinen bleichen Lippen
Starb das vergiftete Gebet – im Taumel
Der Leidenschaft – es war ein Possenspiel
Zum Rühren, Prinz – ergreifen Sie die Hand,
Der Mutter Gottes heil'ge kalte Hand,
Und Feuerküsse regnen auf den Marmor.

Carlos. Sie thun mir Unrecht, Fürstin. Das war Andacht.

Prinzessin. Ja, dann ist's etwas andres, Prinz – dann freilich
War's damals auch nur Furcht vor dem Verluste,
Als Carlos mit der Königin und mir
Beim Spielen saß und mit bewundernswerther
Geschicklichkeit mir diesen Handschuh stahl –
(Carlos springt bestürzt auf)
Den er zwar gleich nachher so artig war –
Statt einer Karte wieder auszuspielen.

Carlos. O Gott – Gott – Gott! Was hab' ich da gemacht?

Prinzessin. Nichts, was Sie widerrufen werden, hoff' ich.
Wie froh erschrak ich, als mir unvermuthet
Ein Briefchen in die Finger kam, das Sie
In diesen Handschuh zu verstecken wußten.
Es war die rührendste Romanze, Prinz,
Die –

Carlos *(ihr rasch ins Wort fallend).*
Poesie! – Nichts weiter. – Mein Gehirn
Treibt öfters wunderbare Blasen auf,
Die schnell, wie sie entstanden sind, zerspringen.
Das war es Alles. Schweigen wir davon.

Prinzessin *(vor Erstaunen von ihm weggehend und ihn eine Zeit lang aus der Entfernung beobachtend).*
Ich bin erschöpft – all meine Proben gleiten
Von diesem schlangenglatten Sonderling.
(Sie schweigt einige Augenblicke.)
Doch wie? – Wär's ungeheurer Männerstolz,
Der nur, sich desto süßer zu ergötzen,
Die Blödigkeit als Larve brauchte? – Ja?
(Sie nähert sich dem Prinzen wieder und betrachtet ihn zweifelhaft.)
Belehren *Sie* mich endlich, Prinz – Ich stehe
Vor einem rauberisch verschloßnen Schrank,
Wo alle meine Schlüssel mich betrügen.

Carlos. Wie ich vor Ihnen.

Prinzessin *(Sie verläßt ihn schnell, geht einigemal stillschweigend im Kabinet auf und nieder und scheint über etwas Wichtiges nachzudenken. Endlich nach einer großen Pause ernsthaft und feierlich).*
Endlich sei es denn –
Ich muß einmal zu reden mich entschließen.
Zu meinem Richter wähl' ich Sie. Sie sind
Ein edler Mensch – ein Mann, sind Fürst und Ritter.
An Ihren Busen werf' ich mich. Sie werden
Mich retten, Prinz, und, wo ich ohne Rettung
Verloren bin, theilnehmend um mich weinen.
(Der Prinz rückt näher, mit erwartungsvollem, theilnehmendem Erstaunen.)
Ein frecher Günstling des Monarchen buhlt
Um meine Hand – Ruy Gomez, Graf von Silva –
Der König will, schon ist man Handels einig,
Ich bin der Creatur verkauft.

Carlos *(heftig ergriffen).* Verkauft?
Und wiederum verkauft? und wiederum
Von dem berühmten Handelsmann in Süden?

Prinzessin. Nein, hören Sie erst Alles. Nicht genug,
Daß man der Politik mich hingeopfert,
Auch meiner Unschuld stellt man nach – Da hier!
Dies Blatt kann diesen Heiligen entlarven.

(Carlos nimmt das Papier und hängt voll Ungeduld an ihrer Erzählung, ohne sich Zeit zu nehmen, es zu lesen.)

Wo soll ich Rettung finden, Prinz? Bis jetzt
War es mein Stolz, der meine Tugend schützte;
Doch endlich –

Carlos Endlich fielen Sie? Sie fielen?
Nein, nein! um Gottes willen, nein!

Prinzessin *(stolz und edel).* Durch *wen?*
Armselige Vernünftelei! Wie schwach
Von diesen starken Geistern! Weibergunst,
Der Liebe Glück der Waare gleich zu achten,
Worauf geboten werden kann! Sie ist

Das Einzige auf diesem Rund der Erde,
Was keinen Käufer leidet, als sich selbst.
Die Liebe ist der Liebe Preis. Sie ist
Der unschätzbare Diamant, den ich
Verschenken oder, ewig ungenossen,
Verscharren muß – dem großen Kaufmann gleich,
Der, ungerührt von des Rialto Gold
Und Königen zum Schimpfe, seine Perle
Dem reichen Meere wiedergab, zu stolz,
Sie *unter* ihrem Werthe loszuschlagen.

Carlos. (Beim wunderbaren Gott – das Weib ist schön!)

Prinzessin Man nenn' es Grille – Eitelkeit: gleichviel.
Ich *theile* meine Freuden nicht. Dem Mann,
Dem Einzigen, den ich mir auserlesen,
Geb' ich für Alles Alles hin. Ich schenke
Nur einmal, aber ewig. Einen nur
Wird meine Liebe glücklich machen – Einen –
Doch diesen Einzigen zum Gott. Der Seelen
Entzückender Zusammenklang – ein Kuß –
Der Schäferstunde schwelgerische Freuden –
Der Schönheit hohe, himmlische Magie
Sind *eines* Strahles schwesterliche Farben,
Sind *einer* Blume Blätter nur. Ich sollte,
Ich Rasende! ein abgerißnes Blatt
Aus dieser Blume schönem Kelch verschenken?
Ich selbst des Weibes hohe Majestät,
Der Gottheit großes Meisterstück, verstümmeln,
Den Abend eines Prassers zu versüßen?

Carlos (Unglaublich! Wie? ein solches Mädchen hatte
Madrid, und ich – und ich erfahr' es heute
Zum ersten Mal?)

Prinzessin. Längst hätt' ich diesen Hof
Verlassen, diese Welt verlassen, hätte
In heil'gen Mauern mich begraben; doch
Ein einzig Band ist noch zurück, ein Band,

Das mich an diese Welt allmächtig bindet.
Ach, ein Phantom vielleicht! doch mir so werth!
Ich liebe und bin – nicht geliebt.

Carlos *(voll Feuer auf sie zugehend).* Sie sind's!
So wahr ein Gott im Himmel wohnt, ich schwör' es.
Sie sind's, und unaussprechlich.

Prinzessin. Sie? Sie schwören's?
Ich, das war meines Engels Stimme! Ja,
Wenn freilich Sie es schwören, Carl, dann glaub' ich's,
Dann bin ich's.

Carlos *(der sie voll Zärtlichkeit in die Arme schließt)*
Süßes, seelenvolles Mädchen!
Anbetungswürdiges Geschöpf! – Ich stehe
Ganz Ohr – ganz Auge – ganz Entzücken – ganz
Bewunderung. – Wer hätte dich gesehn,
Wer unter diesem Himmel dich gesehn
Und rühmte sich – er habe nie geliebt? –
Doch hier an König Philipps Hof? Was hier?
Was, schöner Engel, willst du hier? bei Pfaffen
Und Pfaffenzucht? Das ist kein Himmelsstrich
Für solche Blumen. – Möchten sie sie brechen?
Sie möchten – o, ich glaub' es gern. – Doch nein!
So wahr ich Leben athme, nein! – Ich schlinge
Den Arm um dich, auch meinen Armen trag' ich
Durch eine teufelvolle Hölle dich!
Ja – laß mich deinen Engel sein. –

Prinzessin *(mit dem vollen Blick der Liebe).* O Carlos!
Wie wenig hab' ich Sie gekannt! Wie reich
Und grenzenlos belohnt Ihr schönes Herz
Die schwere Müh', es zu begreifen!
(Sie nimmt seine Hand und will sie küssen.)

Carlos *(der sie zurückzieht).* Fürstin,
Wie sind Sie jetzt?

Prinzessin *(mit Feinheit und Grazie, indem sie starr in seine Hand sieht).*
Wie schön ist diese Hand!
Wie reich ist sie! – Prinz, diese Hand hat noch
Zwei kostbare Geschenke zu vergeben –
Ein Diadem und Carlos' Herz – und Beides
Vielleicht an *eine* Sterbliche? – An *eine*?
Ein großes, göttliches Geschenk! – Beinahe
Für *eine* Sterbliche zu groß! – Wie? Prinz,
Wenn Sie zu einer Theilung sich entschlössen?
Die Königinnen lieben schlecht – ein Weib,
Das lieben kann, versteht sich schlecht auf Kronen:
Drum besser, Prinz, Sie theilen, und gleich jetzt,
Gleich jetzt – Wie? Oder hätten Sie wohl schon?
Sie hätten wirklich? O, dann um so besser!
Und kenn' ich diese Glückliche?

Carlos. Du sollst.
Dir, Mädchen, dir entdeck' ich mich – der Unschuld,
Der lautern, unentheiligten Natur
Entdeck' ich mich. An diesem Hof bist du
Die Würdigste, die Einzigste, die Erste,
Die meine Seele ganz versteht. – Ja denn!
Ich leugn' es nicht – ich liebe!

Prinzessin. Böser Mensch!
So schwer ist das Geständniß dir geworden?
Beweinenswürdig mußt' ich sein, wenn du
Mich liebenswürdig finden solltest?

Carlos *(stutzt).* Was?
Was ist das?

Prinzessin. Solches Spiel mit mir zu treiben!
O wahrlich, Prinz, es war nicht schön. Sogar
Den Schlüssel zu verleugnen!

Carlos. Schlüssel! Schlüssel!
(Nach einem dumpfen Besinnen.)

Ja so – so war's. – Nun merk' ich – – O mein Gott!
(Seine Kniee wanken, er hält sich an einen Stuhl und verhüllt das Gesicht.)

Prinzessin *(Eine lange Stille von beiden Seiten. Die Fürstin schreit laut und fällt).*
Abscheulich! Was hab' ich gethan!

Carlos *(sich aufrichtend, im Ausbruch des heftigsten Schmerzes).*
So tief
Herabgestürzt von allen meinen Himmeln! –
O, das ist schrecklich!

Prinzessin *(das Gesicht in das Kissen verbergend).*
Was entdeck' ich? Gott!

Carlos *(vor ihr niedergeworfen).*
Ich bin nicht schuldig, Fürstin – Leidenschaft –
Ein unglücksel'ger Mißverstand – Bei Gott!
Ich bin nicht schuldig.

Prinzessin *(stößt ihn von sich).* Weg aus meinen Augen,
Um Gottes willen –

Carlos. Nimmermehr! In dieser
Entsetzlichen Erschüttrung Sie verlassen?

Prinzessin *(ihn mit Gewalt wegdrängend).*
Aus Großmuth, aus Barmherzigkeit, hinaus
Von meinen Augen! – Wollen Sie mich morden?
Ich hasse Ihren Anblick! *(Carlos will gehen.)* Meinen Brief
Und meinen Schlüssel geben Sie mir wieder.
Wo haben Sie den andern Brief?

Carlos. Den andern?
Was denn für einen andern?

Prinzessin. Den vom König.

Carlos *(zusammenschreckend).* Von *wem*?

Prinzessin. Den Sie vorhin von mir bekamen.

Carlos. Vom König? und an wen? an Sie?

Prinzessin. O Himmel!
Wie schrecklich hab' ich mich verstrickt! Den Brief!
Heraus damit! ich muß ihn wieder haben.

Carlos. Vom König Briefe, und an Sie?

Prinzessin. Den Brief!
Im Namen aller Heiligen!

Carlos. Der einen
Gewissen mir entlarven sollte – diesen?

Prinzessin. Ich bin des Todes! – Geben Sie!

Carlos. Der Brief –

Prinzessin *(in Verzweiflung die Hände ringend).*
Was hab' ich Unbesonnene gewagt!

Carlos. Der Brief – der kam vom König? – Ja, Prinzessin,
Das ändert freilich Alles schnell – *Das* ist
(den Brief frohlockend emporhaltend)
Ein unschätzbarer – schwerer – theurer Brief,
Den alle Kronen Philipps einzulösen
Zu leicht, zu nichtsbedeutend sind. – *Den* Brief
Behalt' ich *(Er geht.)*

Prinzessin *(wirft sich ihm in den Weg).*
Großer Gott, ich bin verloren!

Neunter Auftritt

Die Prinzessin allein.

(Sie steht noch betäubt, außer Fassung; nachdem er hinaus ist, eilt sie ihm nach und will ihn zurückrufen.)

Prinz, noch ein Wort. Prinz, hören Sie – Er geht!
Auch das noch! Er verachtet mich – Da steh' ich
In fürchterlicher Einsamkeit – verstoßen,
Verworfen – *(Sie sinkt auf einen Sessel. Nach einer Pause.)*
Nein! Verdrungen nur, verdrungen
Von einer Nebenbuhlerin. Er liebt.

Kein Zweifel mehr. Er hat es selbst bekannt.
Doch *wer* ist diese Glückliche? – So viel
Ist offenbar – er liebt, was er nicht sollte.
Er fürchtet die Entdeckung. Vor dem König
Verkriecht sich seine Leidenschaft – Warum
Vor diesem, der sie wünschte? – Oder ist's
Der Vater nicht, was er im Vater fürchtet?
Als ihm des Königs buhlerische Absicht
Verrathen war – da jauchzten seine Mienen,
Frohlockt' er, wie ein Glücklicher... Wie kam es,
Daß seine strenge Tugend hier verstummte?
Hier? eben hier? Was kann denn er dabei,
Er zu gewinnen haben, wenn der König
Der Königin die –

(Sie hält plötzlich ein, von einem Gedanken überrascht – Zu gleicher Zeit reißt sie die Schleife, die ihr Carlos gegeben hat, von dem Busen, betrachtet sie schnell und erkennt sie.)

Jetzt endlich, jetzt – Wo waren meine Sinne?
Jetzt gehen mir die Augen auf – Sie hatten
Sich lang geliebt, eh der Monarch sie wählte.
Nie ohne *sie* sah mich der Prinz. – Sie also,
Sie war gemeint, wo ich so grenzenlos,
So warm, so wahr mich angebetet glaubte?
O, ein Betrug, der ohne Beispiel ist!
Und meine Schwäche hab' ich ihr verrathen –
(Stillschweigen.)
Daß er ganz ohne Hoffnung lieben sollte!
Ich kann's nicht glauben – Hoffnungslose Liebe
Besteht in diesem Kampfe nicht. Zu schwelgen,
Wo unerhört der glänzendste Monarch
Der Erde schmachtet – Wahrlich! solche Opfer
Bringt hoffnungslose Liebe nicht. Wie feurig
War nicht sein Kuß! Wie zärtlich drückt' er mich,
Wie zärtlich an sein schlagend Herz! – Die Probe
War fast zu kühn für die romant'sche Treue,
Die nicht erwiedert werden soll – Er nimmt

Den Schlüssel an, den, wie er sich beredet,
Die Königin ihm zugeschickt – er glaubt
An diesen Riesenschritt der Liebe – kommt,
Kommt wahrlich, kommt! – So traut er Philipps Frau
Die rasende Entschließung zu. – Wie kann er,
Wenn hier nicht große Proben ihn ermuntern?
Es ist am Tag. Er wird erhört. Sie liebt!
Beim Himmel, diese Heilige empfindet!
Wie fein ist sie!... Ich zitterte ich selbst,
Vor dem erhabnen Schreckbild dieser Tugend.
Ein höhres Wesen ragt sie neben mir.
In ihrem Glanz erlösch' ich. Ihrer Schönheit
Mißgönnt' ich diese hohe Ruhe, frei
Von jeder Wallung sterblicher Naturen.
Und diese Ruhe war nur Schein? Sie hätte
An beiden Tafeln schwelgen wollen? – Hätte
Den Götterschein der Tugend schaugetragen,
Und doch zugleich des Lasters heimliche
Entzückungen zu naschen sich erdreistet?
Das durfte sie? Das sollte ungerochen
Der Gauklerin gelungen sein? Gelungen,
Weil sich kein Rächer meldet? – Nein, bei Gott!
Ich betete sie an – Das fordert Rache!
Der König wisse den Betrug – der König?
(Nach einigem Besinnen.)
Ja, recht – das ist ein Weg zu seinem Ohre. *(Sie geht ab.)*

Ein Zimmer im königlichen Palaste.

Zehnter Auftritt

Herzog von Alba. Pater Domingo.

Domingo. Was wollten Sie mir sagen?

Alba. Eine wicht'ge
Entdeckung, die ich heut gemacht, worüber
Ich einen Aufschluß haben möchte.

Domingo. Welche
Entdeckung? Wovon reden Sie?

Alba. Prinz Carlos
Und ich begegnen diesen Mittag uns
Im Vorgemach der Königin. Ich werde
Beleidigt. Wir erhitzen uns. Der Streit
Wird etwas laut. Wir greifen zu den Schwertern.
Die Königin auf das Getöse öffnet
Das Zimmer, wirft sich zwischen uns und sieht
Mit einem Blick despotischer Vertrautheit
Den Prinzen an. – Es war ein einz'ger Blick. –
Sein Arm erstarrt – er fliegt an meinen Hals –
Ich fühle einen heißen Kuß – er ist
Verschwunden.

Domingo *(nach einigem Stillschweigen).*

Das ist sehr verdächtig. – Herzog,
Sie mahnen mich an etwas. – – Aehnliche
Gedanken, ich gesteh' es, keimten längst
In meiner Brust. – Ich flohe diese Träume –
Noch hab' ich Niemand sie vertraut. Es gibt
Zweischneid'ge Klingen, ungewisse Freunde –
Ich fürchte diese. Schwer zu unterscheiden,
Noch schwerer zu ergründen sind die Menschen.
Entwischte Worte sind beleidigte
Vertraute – drum begrub ich mein Geheimniß,
Bis es die Zeit ans Licht hervorgewälzt.
Gewisse Dienste Königen zu leisten,
Ist mißlich, Herzog -- ein gewagter Wurf,
Der, fehlt er seine Beute, auf den Schützen
Zurücke prallt. – Ich wollte, was ich sage,
Auf eine Hostie beschwören – doch
Ein Augenzeugniß, ein erhaschtes Wort,
Ein Blatt Papier fällt schwerer in die Wage,
Als mein lebendigstes Gefühl. – Verwünscht,
Daß wir auf span'schem Boden stehn!

Alba. Warum
Auf diesem nicht?

Domingo. An jedem andern Hofe
Kann sich die Leidenschaft vergessen. Hier
Wird sie gewarnt von ängstlichen Gesetzen.
Die span'schen Königinnen haben Müh,
Zu sündigen – ich glaub' es – doch zum Unglück
Nur da – gerade *da* nur, wo es uns
Am besten glückte, sie zu überraschen.

Alba. Hören Sie weiter – Carlos hatte heut'
Gehör beim König. Eine Stunde währte
Die Audienz. Er bat um die Verwaltung
Der Niederlande. Laut und heftig bat er;
Ich hört' es in dem Kabinet. Sein Auge
War roth geweint, als ich ihm an der Thüre
Begegnete. Den Mittag drauf erscheint er
Mit einer Miene des Triumphs. Er ist
Entzückt, daß mich der König vorgezogen.
Er dankt es ihm. Die Sachen stehen anders,
Sagt er, und besser. Heucheln konnt' er nie.
Wie soll ich diese Widersprüche reimen?
Der Prinz frohlockt, hintangesetzt zu sein,
Und mir ertheilt der König eine Gnade
Mit allen Zeichen seines Zorns! – Was muß
Ich glauben? Wahrlich, diese neue Würde
Sieht einer Landsverweisung ähnlicher
Als einer Gnade.

Domingo. Dahin also wär' es
Gekommen? Dahin? Und ein Augenblick
Zertrümmerte, was wieder in Jahren bauten?
Und Sie so ruhig? so gelassen? – Kennen
Sie diesen Jüngling? Ahnen Sie, was uns
Erwartet, wenn er mächtig wird? – Der Prinz –
– Ich bin sein Feind nicht. Andre Sorgen nagen
An meiner Ruhe, Sorgen für den Thron,

Für Gott und seine Kirche. Der Infant
(Ich kenn' ihn – ich durchdringe seine Seele)
Hegt einen schrecklichen Entwurf – Toledo –
Den rasenden Entwurf, Regent zu sein
Und unsern heil'gen Glauben zu entbehren. –
Sein Herz entglüht für einen neue Tugend,
Die, stolz und sicher und sich selbst genug,
Von keinem Glauben betteln will. – Er *denkt*!
Sein Kopf entbrennt von einer seltsamen
Chimäre – er verehrt den Menschen – Herzog,
Ob er zu unserm König taugt?

Alba. Phantome!
Was sonst? Vielleicht auch jugendlicher Stolz,
Der eine Rolle spielen möchte. – Bleibt
Ihm eine andre Wahl? Das geht vorbei,
Trifft ihn einmal die Reihe, zu befehlen.

Domingo. Ich zweifle. Er ist stolz auf seine Freiheit,
Des Zwanges ungewohnt, womit man Zwang
Zu kaufen sich bequemen muß. – Taugt er
Auf unsern Thron? Der kühne Riesengeist
Wird unsrer Staatskunst Linien durchreißen.
Umsonst versucht' ich's, diesen trotz'gen Muth
In dieser Zeiten Wollust abzumatten;
Er überstand die Probe – Schrecklich ist
In diesem Körper dieser Geist – und Philipp
Wird sechzig Jahr' alt.

Alba. Ihre Blicke reichen
Sehr weit.

Domingo. Er und die Königin sind Eins.
Schon schleicht, verborgen zwar, in Beider Brust
Das Gift der Neuerer; doch bald genug,
Gewinnt es Raum, wird es den Thron ergreifen.
Ich kenne diese Valois. – Fürchten wir
Die ganze Rache dieser stillen Feindin,
Wenn Philipp Schwächen sich erlaubt. Noch ist

Das Glück uns günstig. Kommen wir zuvor.
In *eine* Schlinge stürzen Beide. – Jetzt
Ein solcher Wink dem Könige gegeben,
Bewiesen oder nicht bewiesen – viel
Ist schon gewonnen, wenn er wankt. Wir selbst,
Wir zweifeln Beide nicht. Zu überzeugen
Fällt keine Ueberzeugten schwer. Es kann
Nicht fehlen, wir entdecken mehr, sind wir
Vorher gewiß, daß wir entdecken müssen.

Alba. Doch nun die wichtigste von allen Fragen:
Wer nimmt's auf sich, den König zu belehren?

Domingo. Noch Sie, noch ich. Erfahren Sie also,
Was lange schon, des großen Planes voll,
Mein stiller Fleiß dem Ziele zugetrieben.
Noch mangelt, unser Bündniß zu vollenden,
Die dritte, wichtigste Person. – Der König
Liebt die Prinzessin Eboli. Ich nähre
Die Leidenschaft, die meinen Wünschen wuchert.
Ich bin sein Abgesandter – unserm Plane
Erzieh' ich sie. – In dieser jungen Dame,
Gelingt mein Werk, soll eine Blutsverwandtin,
Soll eine Königin uns blühn. Sie selbst
Hat jetzt in dieses Zimmer mich berufen.
Ich hoffe Alles. – Jene Lilien
Von Valois zerknickt ein span'sches Mädchen
Vielleicht in *einer* Mitternacht.

Alba. Was hör' ich?
Ist's Wahrheit, was ich jetzt gehört? – Beim Himmel!
Das überrascht mich! Ja, *der* Streich vollendet!
Dominicaner, ich bewundre dich,
Jetzt haben wir gewonnen –

Domingo. Still! Wer kommt?
Sie ist's – sie selbst.

Alba. Ich bin im nächsten Zimmer,
Wenn man –

Domingo. Schon recht. Ich rufe Sie.

(Der Herzog von Alba geht ab.)

Eilfter Auftritt

Die Prinzessin. Domingo.

Domingo. Zu Ihren
Befehlen, gnäd'ge Fürstin.

Prinzessin *(dem Herzog neugierig nachsehend).* Sind wir etwa
Nicht ganz allein? Sie haben, wie ich sehe,
Noch einen Zeugen bei sich?

Domingo. Wie?

Prinzessin. Wer war es,
Der eben jetzt von Ihnen ging?

Domingo. Der Herzog
Von Alba, gnäd'ge Fürstin, der nach mir
Um die Erlaubniß bittet, vorgelassen
zu werden.

Prinzessin. Herzog Alba? Was will der?
Was kann er wollen? Wissen Sie vielleicht
Es mir zu sagen?

Domingo. Ich? und eh' ich weiß,
Was für ein Vorfall von Bedeutung mir
Das lang' entbehrte Glück verschafft, der Fürstin
Von Eboli mich wiederum zu nähern?
(Pause, worin er ihre Antwort erwartet.)
Ob sich ein Umstand endlich vorgefunden,
Der für des Königs Wünsche spricht? ob ich
Mit Grund gehofft, daß beßre Ueberlegung
Mit einem Anerbieten Sie versöhnt,

Das Eigensinn, das Laune bloß verworfen?
Ich komme voll Erwartung –

Prinzessin. Brachten Sie
Dem König meine letzte Antwort?

Domingo. Noch
Verschob ich's, ihn so tödtlich zu verwunden.
Noch, gnäd'ge Fürstin, ist es Zeit. Es steht
Bei Ihnen, sie zu mildern.

Prinzessin. Melden Sie
Dem König, daß ich ihn erwarte.

Domingo. Darf
Ich das für Wahrheit nehmen, schöne Fürstin?

Prinzessin. Für Scherz doch nicht? Bei Gott, Sie machen mir
Ganz bange. – Wie? Was hab' ich denn gethan,
Wenn sogar Sie – Sie selber sich entfärben?

Domingo. Prinzessin, diese Ueberraschung – kaum
Kann ich es fassen –

Prinzessin. Ja, hochwürd'ger Herr,
Das sollen Sie auch nicht. Um alle Güter
Der Welt möcht' ich nicht haben, daß Sie's faßten.
Genug für Sie, daß es so ist. Ersparen
Sie sich die Mühe, zu ergrübeln, wessen
Beredsamkeit Sie diese Wendung danken.
Zu Ihrem Trost setz' ich hinzu: Sie haben
Nicht Theil an dieser Sünde. Auch wahrhaftig
Die Kirche nicht; obschon Sie mir bewiesen,
Daß Fälle möglich wären, wo die Kirche
Sogar die *Körper* ihrer jungen Töchter
Für höhre Zwecke zu gebrauchen wüßte.
Auch diese nicht. – Dergleichen fromme Gründe,
Ehrwürd'ger Herr, sind mir zu hoch –

Domingo. Sehr gerne,
Prinzessin, nehm' ich sie zurück, sobald
Sie überflüssig waren.

Prinzessin. Bitten Sie
Von meinetwegen den Monarchen, ja
In dieser Haltung mich nicht zu verkennen.
Was ich gewesen, bin ich noch. Die Lage
Der Dinge nur hat seitdem sich verwandelt.
Als ich sein Anerbieten mit Entrüstung
Zurücke stieß, da glaubt' ich im Besitze
Der schönsten Königin ihn *glücklich* – glaubte
Die treue Gattin meines Opfers werth.
Das glaubt' ich damals – damals. Freilich jetzt,
Jetzt weiß ich's besser.

Domingo. Fürstin, weiter, weiter.
Ich hör' es, wir verstehen uns.

Prinzessin. Genug,
Sie ist erhascht. Ich schone sie nicht länger.
Die schlaue Diebin ist erhascht. Den König,
Ganz Spanien und mich hat sie betrogen.
Sie liebt. Ich weiß es, daß sie liebt. Ich bringe
Beweise, die sie zittern machen sollen.
Der König ist betrogen – doch, bei Gott,
Er sei es ungerochen nicht! Die Larve
Erhabner, übermenschlicher Entsagung
Reiß' ich ihr ab, daß alle Welt die Stirne
Der Sünderin erkennen soll. Es kostet
Mir einen ungeheuren Preis, doch – das
Entzückt mich, das ist mein Triumph – doch *ihr*
Noch einen größern.

Domingo. Nun ist Alles reif.
Erlauben Sie, daß ich den Herzog rufe. *(Er geht hinaus.)*

Prinzessin *(erstaunt)*. Was wird das?

Zwölfter Auftritt

Die Prinzessin. Herzog Alba. Domingo.

Domingo *(der den Herzog hereinführt).* Unsre Nachricht, Herzog Alba,
Kommt hier zu spät. Die Fürstin Eboli
Entdeckt uns ein Geheimniß, das sie eben
Von uns erfahren sollte.

Alba. Mein Besuch
Wird dann um so viel minder sie befremden.
Ich traue *meinen* Augen nicht. Dergleichen
Entdeckungen verlangen Weiberblicke.

Prinzessin. Sie sprechen von Entdeckungen?

Domingo. Wir wünschten
Zu wissen, gnäd'ge Fürstin, welchen Ort
Und welche beßre Stunde Sie –

Prinzessin. Auch das!
So will ich morgen Mittag Sie erwarten.
Ich habe Gründe, dieses strafbare
Geheimniß länger nicht zu bergen – es
Nicht länger mehr dem König zu entziehn.

Alba. Das war es, was mich hergeführt. Sogleich
Muß der Monarch es wissen. Und durch Sie,
Durch *Sie*, Prinzessin, muß er das. Wem sonst,
Wem sollt' er lieber glauben, als der strengen,
Der wachsamen Gespielin seines Weibes?

Domingo. Wem mehr, als Ihnen, die, sobald sie will,
Ihn unumschränkt beherrschen kann?

Alba. Ich bin
Erklärter Feind des Prinzen.

Domingo. Eben das
Ist man gewohnt von mir vorauszusetzen.
Die Fürstin Eboli ist frei. Wo *wir*
Verstummen müssen, zwingen Pflichten Sie,

Zu reden, Pflichten Ihres Amts. Der König
Entflieht uns nicht, wenn Ihre Winke wirken,
Und dann vollenden wir das Werk.

Alba. Doch bald,
Gleich jetzt muß das geschehn. Die Augenblicke
Sind kostbar. Jede nächste Stunde kann
Mir den Befehl zum Abmarsch bringen. –

Domingo *(sich nach einigem Ueberlegen zur Fürstin wendend).* Ob
Sich Briefe finden ließen? Briefe freilich,
Von dem Infanten aufgefangen, müßten
Hier Wirkung thun. – Laß sehen. – Nicht wahr? – Ja.
Sie schlafen doch – so däucht mir – in demselben
Gemache mir der Königin.

Prinzessin. Zunächst
An diesem. – Doch was soll mir das?

Domingo. Wer sich
Auf Schlösser gut verstände! Haben Sie
Bemerkt, wo sie den Schlüssel zur Schatulle
Gewöhnlich zu bewahren pflegt?

Prinzessin. *(nachdenkend).* Das könnte
Zu etwas führen. – Ja – der Schlüssel wäre
Zu finden, denk' ich. –

Domingo. Briefe wollen Boten – –
Der Königin Gefolg' ist groß. – – Wer hier
Auf eine Spur gerathen könnte! – – Gold
Vermag zwar viel –

Alba. Hat Niemand wahrgenommen,
Ob er Infant Vertraute hat?

Domingo. Nicht *einen*,
In ganz Madrid nicht *einen*.

Alba. Das ist seltsam.

Domingo. Das dürfen Sie mir glauben. Er verachtet
Den ganzen Hof; ich habe meine Proben.

Alba. Doch wie? Hier eben fällt mir ein, als ich
Von dem Gemach der Königin heraus kam,
Stand der Infant bei einem ihrer Pagen;
Sie sprachen heimlich –

Prinzessin *(rasch einfallend).* Nicht doch, nein! Das war –
Das war von etwas Anderm.

Domingo. Können *wir*
Das wissen? – Nein, der Umstand ist verdächtig. –
(Zum Herzog.)
Und kannten Sie den Pagen?

Prinzessin. Kinderpossen!
Was wird's auch sonst gewesen sein? Genug,
Ich kenne das. – Wir sehn uns also wieder,
Eh' ich den König spreche. – Unterdessen
Entdeckt sich viel.

Domingo *(sie auf die Seite führend).* Und der Monarch darf hoffen?
Ich darf es ihm verkündigen? Gewiß?
Und welche schöne Stunde seinen Wünschen
Erfüllung endlich bringen wird? Auch dies?

Prinzessin. In ein'gen Tagen werd' ich krank; man trennt mich
Von der Person der Königin – das ist
An unserm Hofe Sitte, wie Sie wissen.
Ich bleibe dann auf meinem Zimmer.

Domingo. Glücklich!
Gewonnen ist das große Spiel. Trotz sei
Geboten allen Königinnen –

Prinzessin. Horch!
Man fragt nach mir – die Königin verlangt mich.
Auf Wiedersehen. *(Sie eilt ab.)*

Dreizehnter Auftritt

Alba. Domingo.

Domingo *(nach einer Pause, worin er die Prinzessin mit den Augen begleitet hat).*
Herzog, diese Rosen
Und Ihre Schlachten –

Alba. Und dein Gott – so will ich
Den Blitz erwarten, der uns stürzen soll! *(Sie gehen ab.)*

In einem Karthäuserkloster.

Vierzehnter Auftritt

Don Carlos. Der Prior.

Carlos *(zum Prior, indem er hereintritt).*
Schon da gewesen also? – Das beklag' ich.

Prior. Seit heute Morgen schon das dritte Mal.
Vor einer Stunde ging er weg –

Carlos. Er will
Doch wiederkommen? Hinterließ er nicht?

Prior. Vor Mittag noch, versprach er.

Carlos *(an ein Fenster und sich in der Gegend umsehend).*

Euer Kloster
Liegt weit ab von der Straße. – Dorthin zu
Sieht man noch Thürme von Madrid. – Ganz recht,
Und hier fließt der Manzanares – Die Landschaft
Ist, wie ich sie mir wünsche. Alles ist
Hier still, wie ein Geheimniß.

Prior. Wie der Eintritt
Ins andre Leben.

Carlos. Eurer Redlichkeit,
Hochwürd'ger Herr, hab' ich mein Kostbarstes,
Mein Heiligstes vertraut. Kein Sterblicher

Darf wissen oder nur vermuthen, *wen*
Ich hier gesprochen und *geheim*. Ich habe
Sehr wicht'ge Gründe, vor der ganzen Welt
Den Mann, den ich erwarte, zu verleugnen:
Drum wählt' ich dieses Kloster. Vor Verräthern,
Vor Ueberfall sind wir doch sicher? Ihr
Besinnt Euch doch, was Ihr mir zugeschworen?

Prior. Vertrauen Sie uns, gnäd'ger Herr. Der Argwohn
Der Könige wird *Gräber* nicht durchsuchen.
Das Ohr der Neugier liegt nur an den Thüren
Des Glückes und der Leidenschaft. Die Welt
Hört auf in diesen Mauern.

Carlos. Denkt Ihr etwa,
Daß hinter diese Vorsicht, diese Furcht
Ein schuldiges Gewissen sich verkrieche?

Prior. Ich denke nichts.

Carlos. Ihr irrt Euch, frommer Vater,
Ihr irrt Euch wahrlich. Mein Geheimniß zittert
Vor Menschen, aber nicht vor Gott.

Prior. Mein Sohn,
Das kümmert *uns* sehr wenig. Diese Freistatt
Steht dem Verbrechen offen, wie der Unschuld.
Ob, was du vorhast, gut ist oder übel,
Rechtschaffen oder lasterhaft – das mache
Mit deinem Herzen aus.

Carlos *(mit Wärme).* Was wir
Verheimlichen, kann Euren Gott nicht schänden.
Es ist sein eignes, schönstes Werk. – Zwar Euch,
Euch kann ich's wohl entdecken.

Prior. Zu was Ende?
Erlassen Sie mir's lieber, Prinz. Die Welt
Und ihr Geräthe liegt schon lange Zeit
Versiegelt da auf jene große Reise.
Wozu die kurze Frist vor meinem Abschied

Noch einmal es erbrechen? – Es ist wenig,
Was man zur Seligkeit bedarf. – Die Glocke
Zur Hora läutet. Ich muß beten gehn. *(Der Prior geht ab.)*

Fünfzehnter Auftritt

Don Carlos. Der Marquis von Posa tritt ein.

Carlos. Ach, endlich einmal, endlich –

Marquis Welche Prüfung
Für eines Freundes Ungeduld! Die Sonne
Ging zweimal auf und zweimal unter, seit
Das Schicksal meines Carlos sich entschieden,
Und jetzt, erst jetzt werd' ich es hören. – Sprich,
Ihr seid versöhnt?

Carlos. Wer?

Marquis. Du und König Philipp;
Und auch mit Flandern ist's entschieden?

Carlos. Daß
Der Herzog morgen dahin reist? – Das ist
Entschieden, ja.

Marquis. Das kann nicht sein. Das ist nicht.
Soll ganz Madrid belogen sein? Du hattest
Geheime Audienz, sagt man. Der König –

Carlos. Blieb unbewegt. Wir sind getrennt auf immer,
Und mehr, als wir's schon waren –

Marquis. Du gehst *nicht*
Nach Flandern?

Carlos. Nein! Nein! Nein!

Marquis. O meine Hoffnung!

Carlos. Das nebenbei. O Roderich, seitdem
Wir uns verließen, was hab' ich erlebt!

Doch jetzt vor Allem deinen Rath! Ich muß
Sie sprechen –

Marquis. Deine Mutter? – Nein! – Wozu?

Carlos. Ich habe Hoffnung. – Du wirst blaß? Sei ruhig.
Ich soll und werde glücklich sein. – Doch davon
Ein ander Mal. Jetzt schaffe Rath, wie ich
Sie sprechen kann. –

Marquis. Was soll das? Worauf gründet
Sich dieser neue Fiebertraum?

Carlos. Nicht Traum!
Beim wundervollen Gotte nicht! – Wahrheit, Wahrheit!
(den Brief des Königs an die Fürstin von Eboli hervorziehend)
In diesem wichtigen Papier enthalten!
Die Königin ist *frei*, vor Menschenaugen,
Wie vor des Himmels Augen, frei. Da lies
Und höre auf, dich zu verwundern.

Marquis *(den Brief öffnend).* Was?
Was seh' ich? Eigenhändig vom Monarchen?
(Nachdem er es gelesen.)
An wen ist dieser Brief?

Carlos. An die Prinzessin
Von Eboli. – Vorgestern bringt ein Page
Der Königin von unbekannten Händen
Mir einen Brief und einen Schlüssel. Man
Bezeichnet mir im linken Flügel des
Palastes, den die Königin bewohnet,
Ein Kabinet, wo eine Dame mich
Erwarte, die ich längst geliebt. Ich folge
Sogleich dem Winke –

Marquis. Rasender, du folgst?

Carlos. Ich kenne ja die Handschrift nicht – ich kenne
Nur *eine* solche Dame. Wer, als *sie*,
Wird sich von Carlos angebetet wähnen?

Voll süßen Schwindels flieg' ich nach dem Platze;
Ein göttlicher Gesang, der aus dem Innern
Des Zimmers mir entgegen schallt, dient mir
Zum Führer – ich eröffne das Gemach –
Und wen entdeck' ich? – Fühle mein Entsetzen!

Marquis. O, ich errathe Alles.

Carlos. Ohne Rettung
War ich verloren, Roderich, wär' ich
In eines Engels Hände nicht gefallen.
Welch unglücksel'ger Zufall! Hintergangen
Von meiner Blicke unvorsicht'ger Sprache,
Gab sie der süßen Täuschung sich dahin,
Sie selber sei der Abgott dieser Blicke.
Gerührt von meiner Seele stillen Leiden,
Beredet sich großmüthig-unbesonnen
Ihr weiches Herz, mir Liebe zu erwiedern.
Die Ehrfurcht schien mir Schweigen zu gebieten;
Sie hat die Kühnheit, es zu brechen – offen
Liegt ihre schöne Seele mir –

Marquis. So ruhig
Erzählst du das? – Die Fürstin Eboli
Durchschaute dich. Kein Zweifel mehr, sie drang
In deiner Liebe innerstes Geheimniß.
Du hast sie schwer beleidigt. Sie beherrscht
Den König.

Carlos *(zuversichtlich).* Sie ist tugendhaft.

Marquis. Sie ist's
Aus Eigennutz der Liebe. – Diese Tugend,
Ich fürchte sehr, ich kenne sie – wie wenig
Reicht sie empor zu jenem Ideale,
Das aus der Seele mütterlichem Boden,
In stolzer, schöner Grazie empfangen,
Freiwillig sproßt und ohne Gärtners Hilfe
Verschwenderische Blüthen treibt! Es ist

Ein fremder Zweig, mit nachgeahmtem Süd
In einem rauhern Himmelsstrich getrieben,
Erziehung, Grundsatz, nenn' es, wie du willst,
Erworbne Unschuld, dem erhitzten Blut
Durch List und schwere Kämpfe abgerungen,
Dem Himmel, der sie fordert und bezahlt,
Gewissenhaft, sorgfältig angeschrieben.
Erwäge selbst! Wird sie der Königin
Es je vergeben können, daß ein Mann
An ihrer eignen, schwer erkämpften Tugend
Vorüberging, sich für Don Philipps Frau
In hoffnungslosen Flammen zu verzehren?

Carlos. Kennst du die Fürstin so genau?

Marquis. Gewiß nicht.
Kaum daß ich zweimal sie gesehn. Doch nur
Ein Wort laß mich noch sagen: mir kam vor,
Daß sie geschickt des Lasters Blößen mied,
Daß sie sehr gut um ihre Tugend *wußte*.
Dann sah ich auch die Königin. O Carl,
Wie anders Alles, was ich hier bemerkte!
In angeborner stiller Glorie,
Mit sorgenlosem Leichtsinn, mit des Anstands
Schulmäßiger Berechnung unbekannt,
Gleich ferne von Verwegenheit und Furcht,
Mit festem Heldenschritte wandelt sie
Die schmale Mittelbahn des *Schicklichen*,
Unwissend, daß sie Anbetung erzwungen,
Wo sie von eignem Beifall nie geträumt.
Erkennt mein Carl auch hier in diesem Spiegel,
Auch jetzt noch seine Eboli? – Die Fürstin
Blieb standhaft, weil sie liebte; Liebe war
In ihre Tugend wörtlich einbedungen.
Du hast sie nicht belohnt – sie fällt.

Carlos *(mit einiger Heftigkeit).* Nein! Nein!
(Nachdem er heftig auf und nieder gegangen.)

Nein, sag' ich dir. – Ich, wüßte Roderich,
Wie trefflich es ihn kleidet, seinem Carl
Der Seligkeiten göttlichste, den Glauben
An menschliche Vortrefflichkeit, zu stehlen!

Marquis. Verdien' ich das? – Nein, Liebling meiner Seele,
Das wollt' ich nicht, bei Gott im Himmel nicht! –
O, diese Eboli – sie wär' ein Engel,
Und ehrerbietig, wie du selbst, stürzt' ich
Vor ihrer Glorie mich nieder, hätte
Sie – dein Geheimniß nicht erfahren.

Carlos. Sieh,
Wie eitel deine Furcht ist! Hat sie andre
Beweise wohl, als die sie selbst beschämen?
Wird sie der Rache trauriges Vergnügen
Mit ihrer Ehre kaufen?

Marquis. Ein Erröthen
Zurückzunehmen, haben Manche schon
Der Schande sich geopfert.

Carlos *(mit Heftigkeit aufstehend).* Nein, das ist
Zu hart, zu grausam! Sie ist stolz und edel;
Ich kenne sie und fürchte nichts. Umsonst
Versuchst du, meine Hoffnungen zu schrecken.
Ich spreche meine Mutter.

Marquis. Jetzt? Wozu?

Carlos. Ich habe nun nichts mehr zu schonen – muß
Mein Schicksal wissen. Sorge nur, wie ich
Sie sprechen kann.

Marquis. Und diesen Brief willst du
Ihr zeigen? Wirklich, willst du das?

Carlos. Befrage
Mich darum nicht. Das Mittel jetzt, das Mittel,
Daß ich sie spreche!

Marquis *(mit Bedeutung).* Sagtest du mir nicht,
Du *liebtest* deine Mutter? – Du bist Willens,
Ihr diesen Brief zu zeigen?
(Carlos sieht zur Erde und schweigt.)
Carl, ich lese
In deinen Mienen etwas – mir ganz neu –
Ganz fremd bis diesen Augenblick. – Du wendest
Die Augen von mir? *Warum* wendest du
Die Augen von mir? So ist's wahr? – Ob ich
Denn wirklich recht gelesen? Laß doch sehn –

(Carlos gibt ihm den Brief. Der Marquis zerreißt ihn.)

Carlos. Was? Bist du rasend?
(Mit gemäßigter Empfindlichkeit.)
Wirklich – ich gesteh' es –
An diesem Briefe lag mir viel.

Marquis. So schien es.
Darum zerriß ich ihn.

(Der Marquis ruht mit einem durchdringenden Blick auf dem Prinzen der ihn zweifelhaft ansieht. Langes Stillschweigen.)

Sprich doch – was haben
Entweihungen des königlichen Bettes
Mit deiner – deiner Liebe denn zu schaffen?
War Philipp dir gefährlich? Welches Band
Kann die verletzten Pflichten des Gemahls
Mit deinen kühnern Hoffnungen verknüpfen?
Hat er gesündigt, wo du liebst? Nun freilich
Lern' ich dich fassen. O, wie schlecht hab' ich
Bis jetzt auf deine Liebe mich verstanden!

Carlos. Wie, Roderich? Was glaubst du?

Marquis. O, ich fühle,
Wovon ich mich entwöhnen muß. Ja, einst,
Einst war's ganz anders. Da warst du so reich,
So warm, so reich! ein ganzes Weltkreis hatte
In deinem weiten Busen Raum. Das alles

Ist nun dahin, von einer Leidenschaft,
Von einem kleinen Eigennutz verschlungen.
Dein Herz ist ausgestorben. Keine Thräne
Dem ungeheuren Schicksal der Provinzen,
Nicht einmal eine Thräne mehr! – O Carl,
Wie arm bist du, wie bettelarm geworden,
Seitdem du Niemand liebst, als dich.

Carlos *(wirft sich in einen Sessel. – Nach einer Pause mit kaum unterdrücktem Weinen.)*
Ich weiß,
Daß du mich nicht mehr achtest.

Marquis. Nicht so, Carl!
Ich kenne diese Aufwallung. Sie war
Verirrung lobenswürdiger Gefühle.
Die Königin gehörte dir, war dir
Geraubt von dem Monarchen – doch bis jetzt
Mißtrautest du bescheiden deinen Rechten.
Vielleicht war Philipp ihrer werth. Du wagtest
Nur leise noch, das Urtheil ganz zu sprechen.
Der Brief entschied. Der Würdigste warst du.
Mit stolzer Freude sahst du nun das Schicksal
Der Tyrannei, des Raubes überwiesen.
Du jauchztest, der Beleidigte zu sein;
Denn Unrecht leiden schmeichelt großen Seelen.
Doch hier verirrte deine Phantasie,
Dein Stolz empfand *Genugthuung* – dein Herz
Versprach sich *Hoffnung*. Sieh, ich wußt' es wohl,
Du hattest diesmal selbst dich mißverstanden.

Carlos *(gerührt)*. Nein, Roderich, du irrest sehr. Ich dachte
So edel nicht, bei Weitem nicht, als du
Mich gerne glauben machen möchtest.

Marquis.

Bin
Ich denn so wenig hier bekannt? Sieh, Carl,

Wenn du verirrest, such' ich allemal
Die Tugend unter Hunderten zu rathen,
Die ich des Fehlers zeihen kann. Doch, nun
Wir besser uns verstehen, sei's! Du sollst
Die Königin jetzt sprechen, mußt sie sprechen. –

Carlos *(ihm um den Hals fallend).* O, wie erröth' ich neben dir!

Marquis. Du hast
Mein Wort. Nun überlaß mir alles Andre.
Ein wilder, kühner glücklicher Gedanke
Steigt auf in meiner Phantasie. – Du sollst
Ihn hören, Carl, aus einem schönen Munde.
Ich dränge mich zur Königin. Vielleicht,
Daß morgen schon der Ausgang sich erwiesen.
Bis dahin, Carl, vergiß nicht, daß „ein Anschlag,
Den höhere Vernunft gebar, das Leiden
Der Menschen drängt, zehntausendmal vereitelt,
Nie aufgegeben werden darf." – Hörst du?
Erinnre dich an Flandern!

Carlos. Alles, Alles,
Was *du* und hohe Tugend mir gebieten.

Marquis *(geht an ein Fenster).* Die Zeit ist um. Ich höre dein Gefolge.
(Sie umarmen sich.)
Jetzt wieder Kronprinz und Vasall.

Carlos. Du fährst
Sogleich zur Stadt?

Marquis. Sogleich.

Carlos. Halt! noch ein Wort!
Wie leicht war das vergessen! – Eine Nachricht,
Dir äußerst wichtig: – „Briefe nach Brabant
Erbricht der König." Sei auf deiner Hut!
Die Post des Reichs, ich weiß es, hat geheime
Befehle –

Marquis. Wie erfuhrst du das?

Carlos. Don Raimond
Von Taxis ist mein guter Freund.

Marquis *(nach einigem Stillschweigen).* Auch das!
So nehmen sie den Umweg über Deutschland.

(Sie gehen ab zu verschiedenen Thüren.)

Dritter Akt

Das Schlafzimmer des Königs.

Erster Auftritt

(Auf dem Nachttische zwei brennende Lichter. Im Hintergrunde des Zimmers einige Pagen auf den Knieen eingeschlafen. Der König, von oben herab halb ausgekleidet, steht vor dem Tische, einen Arm über den Sessel gebeugt, in einer nachdenkenden Stellung. Vor ihm liegt ein Medaillon und Papiere.)

König. Daß sie sonst Schwärmerin gewesen – wer
Kann's leugnen? Nie konnt' *ich* ihr Liebe geben,
Und dennoch – schien sie Mangel je zu fühlen?
So ist's erwiesen, sie ist falsch.

(Hier macht er eine Bewegung, die ihn zu sich selbst bringt. Er steht mit Befremdung auf.)

Wo war ich?
Wacht hier denn Niemand, als der König? – Was?
Die Lichter schon herabgebrannt? doch nicht
Schon Tag? – Ich bin um meinen Schlummer. Nimm
Ihn für empfangen an, Natur. Ein König hat
Nicht Zeit, verlorne Nächte nachzuholen;
Jetzt bin ich wach, und Tag soll sein.

(Er löscht die Lichter aus und öffnet eine Fenstergardine. – Indem er auf und nieder geht, bemerkt er die schlafenden Knaben und bleibt eine Zeit lang schweigend vor ihnen stehen; darauf zieht er die Glocke.)

Schläft's irgend
Vielleicht in meinem Vorsaal auch?

Zweiter Auftritt

Der König. Graf Lerma.

Lerma *(mit Bestürzung, da er den König gewahr wird).* Befinden
Sich Ihre Majestät nicht wohl?

König. Im linken
Pavillon war Feuer. Hörtet Ihr
Den Lärmen nicht?

Lerma. Nein, Ihre Majestät.

König. Nein? Wie? Und also hätt' ich nur geträumt?
Das kann von ungefähr nicht kommen. Schläft
Auf jenem Flügel nicht die Königin?

Lerma. Ja, Ihre Majestät.

König. Der Traum erschreckt mich.
Man soll die Wachen künftig dort verdoppeln,
Hört Ihr? sobald es Abend wird – doch ganz,
Ganz insgeheim. – Ich will nicht haben, daß –
Ihr prüft mich mit den Augen?

Lerma. Ich entdecke
Ein brennend Auge, das um Schlummer bittet.
Darf ich es wagen, Ihre Majestät,
An ein kostbares Leben zu erinnern,
An Völker zu erinnern, die die Spur
Durchwachter Nacht mit fürchtender Befremdung
In solchen Mienen lesen würden – Nur
Zwei kurze Morgenstunden Schlafes –

König *(mit zerstörten Blicken).* Schlaf,
Schlaf find' ich in Escurial. – So lange
Der König schläft, ist er um seine Krone,
Der Mann um seines Weibes Herz – Nein, nein!
Es ist Verleumdung – War es nicht ein Weib,

Ein Weib, das mir es flüsterte? Der Name
Des Weibes heißt Verleumdung. Das Verbrechen
Ist nicht gewiß, bis mir's ein Mann bekräftigt.
(Zu den Pagen, die sich unterdessen ermuntert haben.)
Ruft Herzog Alba! *(Pagen gehen.)*
Tretet näher, Graf!
Ist's wahr? *(Er bleibt forschend vor dem Grafen stehen.)*
O, eines Pulses Dauer nur
Allwissenheit! – Schwört mir, ist's wahr? Ich bin
Betrogen? Bin ich's? Ist es wahr?

Lerma. Mein großer,
Mein bester König –

König *(zurückfahrend).* König! König nur,
Und wieder König! – Keine beßre Antwort,
Als leeren hohlen Wiederhall? Ich schlage
An diesen Felsen und will Wasser, Wasser
Für meinen heißen Fieberdurst – er gibt
Mir glühend Gold.

Lerma. Was wäre wahr, mein König?

König. Nichts. Nichts. Verlaß mich. Geht.
(Der Graf will sich entfernen, er ruft ihn noch einmal zurück.)
Ihr seid vermählt?
Seid Vater? Ja?

Lerma. Ja, Ihre Majestät.

König. Vermählt und könnt es wagen, eine Nacht
Bei Eurem Herrn zu wachen? Euer Haar
Ist silbergrau, und Ihr erröthet nicht,
An Eures Weibes Redlichkeit zu glauben?
O, geht nach Hause. Eben trefft Ihr sie
In Eures Sohns blutschändrischer Umarmung.
Glaubt Eurem König, geht – Ihr steht bestürzt?
Ihr seht mich mit Bedeutung an? – weil ich,
Ich selber etwa graue Haare trage?
Unglücklicher, besinnt Euch. Königinnen

Beflecken ihre Tugen nicht. Ihr seid
Des Todes, wenn Ihr zweifelt –

Lerma *(mit Hitze).* Wer kann das?
In allen Staaten meines Königs wer
Ist frech genug, mit giftigem Verdacht
Die engelreine Tugend anzuhauchen?
Die beste Königin so tief –

König. Die beste?
Und Eure beste also auch? Sie hat
Sehr warme Freunde um mich her, find' ich.
Das muß ihr viel gekostet haben – mehr,
Als mir bekannt ist, daß sie geben kann.
Ihr seid entlassen. Laßt den Herzog kommen.

Lerma. Schon hör' ich ihn im Vorsaal –
(Im Begriff zu gehen.)

König *(mit gemildertem Tone).* Graf! Was Ihr
Vorhin bemerkt, ist doch wohl wahr gewesen.
Mein Kopf glüht von durchwachter Nacht. – Vergeßt,
Was ich im wachen Traum gesprochen. Hört Ihr?
Vergeßt es. Ich bin Euer gnäd'ger König.

(Er reicht ihm die Hand zum Kusse. Lerma geht und öffnet dem Herzog von Alba die Thüre.)

Dritter Auftritt

***Der König** und **Herzog von Alba**.*

Alba *(nähert sich dem König mit ungewisser Miene).*
Ein mir so überraschender Befehl –
Zu dieser außerordentlichen Stunde?
(Er stutzt, wie er den König genauer betrachtet.)
Und dieser Anblick –

König *(hat sich niedergesetzt und das Medaillon auf dem Tisch ergriffen. Er sieht den Herzog eine lange Zeit stillschweigend an).*

Also wirklich wahr?
Ich habe keinen treuen Diener?

Alba *(steht betreten still).* Wie?

König. Ich bin aufs tödtlichste gekränkt – man weiß es,
Und Niemand, der mich warnte!

Alba *(mit einem Blick des Erstaunens).* Eine Kränkung,
Die meinem König gilt und meinem Aug'
Entging?

König *(zeigt ihm die Briefe).* Erkennt Ihr diese Hand?

Alba. Es ist
Don Carlos' Hand. –

König *(Pause, worin er den Herzog scharf beobachtet).*
Vermuthet Ihr noch nichts?
Ihr habt vor seinem Ehrgeiz mich gewarnt?
War's nur sein Ehrgeiz, dieser nur, wovor
Ich zittern sollte?

Alba. Ehrgeiz ist ein großes –
Ein weites Wort, worin unendlich viel
Noch liegen kann.

König. Und wißt Ihr nichts Besonders
Mir zu entdecken?

Alba *(nach einigem Stillschweigen, mit verschlossener Miene).*
Ihre Majestät
Vertrauten meiner Wachsamkeit das Reich.
Dem Reiche bin ich mein geheimstes Wissen
Und meine Einsicht schuldig. Was ich sonst
Vermuthe, denke oder weiß, gehört
Mir eigen zu. Es sind geheiligte
Besitzungen, die der verkaufte Sklave,
Wie der Vasall, den Königen der Erde
Zurückzuhalten Vorrecht hat – Nicht Alles,
Was klar vor *meiner* Seele steht, ist reif
Genug für meinen König. Will er doch

Befriedigt sein, so muß ich bitten, nicht
Als Herr zu fragen.

König *(gibt ihm die Briefe).* Lest.

Alba *(liest und wendet sich erschrocken gegen den König).* Wer war
Der Rasende, dies unglücksel'ge Blatt
In meines Königs Hand zu geben?

König. Was?
So wißt Ihr, wen der Inhalt meint? – Der Name
Ist, wie ich weiß, auf dem Papier vermieden.

Alba *(betroffen zurücktretend).* Ich war zu schnell.

König. Ihr wißt?

Alba *(nach einigem Bedenken).* Es ist heraus.
Mein Herr befiehlt – ich darf nicht mehr zurücke –
Ich leugn' es nicht – ich kenne die Person.

König *(aufstehend in einer schrecklichen Bewegung).*
O, einen neuen Tod hilf mir erdenken,
Der Rache fürchterlicher Gott! – So klar,
So weltbekannt, so laut ist das Verständniß,
Daß man, des Forschens Mühe überhoben,
Schon auf den ersten Blick es räth – Das ist
Zu viel! Das hab' ich nicht gewußt! Das nicht!
Ich also bin der Letzte, der es findet!
Der Letzte durch mein ganze Reich –

Alba *(wirft sich dem Könige zu Füßen).*

Ja, ich bekenne
Mich schuldig, gnädigster Monarch. Ich schäme
Mich einer feigen Klugheit, die mir da
Zu schweigen rieth, wo meines Königs Ehre,
Gerechtigkeit und Wahrheit laut genug
Zu reden mich bestürmten – Weil doch Alles
Verstummen will – weil die Bezauberung
Der Schönheit alles Männer Zungen bindet,
So sei's gewagt, ich rede, weiß ich gleich,

Daß eines Sohns einschmeichelnde Betheurung,
Daß die verführerischen Reizungen,
Die Thränen der Gemahlin –

König *(rasch und heftig).* Stehet auf.
Ihr habt mein königliches Wort – Steht auf.
Sprecht unerschrocken.

Alba *(aufstehend).* Ihre Majestät
Besinnen sich vielleicht noch jenes Vorfalls
Im Garten zu Aranjuez. Sie fanden
Die Königin von allen ihren Damen
Verlassen – mit zerstörtem Blick – allein
In einer abgelegnen Laube.

König. Ha!
Was werd' ich hören? Weiter!

Alba. Die Marquisin
Von Mondecar ward aus dem Reich verbannt,
Weil sie Großmuth genug besaß, sich schnell
Für ihre Königin zu opfern – Jetzt
Sind wir berichtet – Die Marquisin hatte
Nicht mehr gethan, als ihr befohlen worden.
Der Prinz war dort gewesen.

König *(schrecklich auffahrend).*

Dort gewesen?
Doch also –

Alba. Eines Mannes Spur im Sande,
Die von dem linken Eingang dieser Laube
Nach einer Grotte sich verlor, wo noch
Ein Schnupftuch lag, das der Infant vermißte,
Erweckte gleich Verdacht. Ein Gärtner hatte
Dem Prinzen dort begegnet, und das war,
Beinah' auf die Minute ausgerechnet,
Dieselbe Zeit, wo Eure Majestät
Sich in der Laube zeigten.

König *(Aus einem finstern Nachsinnen zurückkommend).*
Und sie weinte,
Als ich Befremdung blicken ließ! Sie machte
Vor meinem ganzen Hofe mich erröthen!
Erröthen vor mir selbst – Bei Gott! ich stand
Wie ein Gerichteter vor ihrer Tugend –
(Eine lange und tiefe Stille. Er setzt sich nieder und verhüllt das Gesicht.)
Ja, Herzog Alba – Ihr habt Recht – Das könnte
Zu etwas Schrecklichem mich führen – Laßt
Mich einen Augenblick allein.

Alba. Mein König,
Selbst das entscheidet noch nicht ganz –

König *(nach den Papieren greifend).* Auch das nicht?
Und das? und wieder das? und dieser laute
Zusammenklang verdammendere Beweise?
O, es ist klarer, als das Licht – Was ich
Schon lange Zeit voraus gewußt – Der Frevel
Begann da schon, als ich von Euren Händen
Sie in Madrid zuerst empfing – Noch seh' ich
Mit diesem Blick des Schreckens, geisterbleich,
Auf meinen grauen Haaren sie verweilen.
Da fing es an, das falsche Spiel!

Alba. Dem Prinzen
Starb eine Braut in seiner jungen Mutter.
Schon hatten sie mit Wünschen sich gewiegt,
In feurigen Empfindungen verstanden,
Die ihr der neue Stand verbot. Die Furcht
War schon besiegt, die Furcht, die sonst das erste
Geständniß zu begleiten pflegt, und kühner
Sprach die Verführung in vertrauten Bildern
Erlaubter Rückerinnerung. Verschwistert
Durch Harmonie der Meinung und der Jahre,
Durch gleichen Zwang erzürnt, gehorchten sie
Den Wallungen der Leidenschaft so dreister.
Die Politik griff ihrer Neigung vor;

Ist es zu glauben, mein Monarch, daß sie
Dem Staatsrath diese Vollmacht zuerkannte?
Daß sie die Lüsternheit bezwang, die Wahl
Des Kabinets aufmerksamer zu prüfen?
Sie war gefaßt auf Liebe und empfing –
Ein Diadem –

König *(beleidigt und mit Bitterkeit).*

Ihr unterscheidet sehr –
Sehr weise, Herzog – Ich bewundre Eure
Beredsamkeit. Ich dank' Euch. *(Aufstehend, kalt und stolz.)*
Ihr habt Recht;
Die Königin hat sehr gefehlt, mir Briefe
Von diesem Inhalt zu verbergen – mir
Die strafbare Erscheinung des Infanten
Im Garten zu verheimlichen. Sie hat
Aus falscher Großmuth sehr gefehlt. Ich werde
Sie zu bestrafen wissen. *(Er zieht die Glocke.)* Wert ist sonst
Im Vorsaal? – Euer, Herzog Alba,
Bedarf ich nicht mehr. Tretet ab.

Alba. Sollt' ich
Durch meinen Eifer Eurer Majestät
Zum zweiten Mal mißfallen haben?

König *(zu einem Pagen, der hereintritt).*

Laßt
Domingo kommen. *(Der Page geht ab.)* Ich vergeb' es Euch,
Daß Ihr beinahe zwei Minuten lang
Mich ein Verbrechen hättet fürchten lassen,
Das gegen *Euch* begangen werden kann. *(Alba entfernt sich.)*

Vierter Auftritt

Der König. Domingo.

Der König *(geht einigemal auf und ab, sich zu sammeln).*

Domingo *(tritt einige Minuten nach dem Herzog herein, nähert sich dem Könige, den er eine Zeit lang mit feierlicher Stille betrachtet).*
Wie froh erstaun' ich, Eure Majestät
So ruhig, so gefaßt zu sehn.

König. Erstaunt Ihr?

Domingo. Der Vorsicht sei's gedankt, daß meine Furcht
Doch also nicht gegründet war! Nun darf
Ich um so eher hoffen.

König. Eure Furcht?
Was war zu fürchten?

Domingo. Ihre Majestät,
Ich darf nicht bergen, daß ich allbereits
Um ein Geheimniß weiß –

König *(finster).* Hab' ich denn schon
Den Wunsch geäußert, es mit Euch zu theilen?
Wer kam so unberufen mir zuvor?
Sehr kühn, bei meiner Ehre!

Domingo. Mein Monarch,
Der Ort, der Anlaß, wo ich es erfahren,
Das Siegel, unter dem ich es erfahren,
Spricht wenigstens von dieser Schuld mich frei.
Am Beichtstuhl ward es mir vertraut – vertraut
Als Missethat, die das empfindliche
Gewissen der Entdeckerin belastet
Und Gnade bei dem Himmel sucht. Zu spät
Beweint die Fürstin eine That, von der
Sie Ursach hat, die fürchterlichsten Folgen
Für ihre Königin zu ahnen.

König. Wirklich?
Das gute Herz – Ihr habt ganz recht vermuthet,
Weßwegen ich Euch rufen ließ. Ihr sollt
Aus diesem dunkeln Labyrinth mich führen,
Worein ein blinder Eifer mich geworfen.
Von Euch erwart' ich Wahrheit. Redet offen
Mit mir. Was soll ich glauben, was beschließen?
Von Eurem Amte fordr' ich Wahrheit.

Domingo. Sire,
Wenn meines Standes Mildigkeit mir auch
Der Schonung süße Pflicht nicht auferlegte,
Doch würd' ich Eure Majestät beschwören,
Um Ihrer Ruhe willen Sie beschwören,
Bei dem Entdeckten still zu stehn – das Forschen
In ein Geheimniß ewig aufzugeben,
Das niemals freudig sich entwickeln kann.
Was jetzt bekannt ist, kann vergeben werden.
Ein Wort des Königs – und die Königin
Hat nie gefehlt. Der Wille des Monarchen
Verleiht die Tugend wie das Glück – und nur
Die immer gleiche Ruhe meines Königs
Kann die Gerüchte mächtig niederschlagen,
Die sich die Lästerung erlaubt.

König. Gerüchte?
Von mir? und unter meinem Volke?

Domingo. Lügen!
Verdammenswerthe Lügen! Ich beschwör' es.
Doch freilich gibt es Fälle, wo der Glaube
Des Volks, und wär' er noch so unerwiesen,
Bedeutend wie die Wahrheit wird.

König. Bei Gott!
Und hier gerade wär' es –

Domingo. Guter Name
Ist das kostbare, einz'ge Gut, um welches

Die Königin mit einem Bürgerweibe
Wetteifern muß –

König. Für den doch, will ich hoffen,
Hier nicht gezittert werden soll?

(Er ruht mit ungewissem Blick auf Domingo. Nach einigem Stillschweigen.)

Kaplan,
Ich soll noch etwas Schlimmes von Euch hören.
Verschiebt es nicht. Schon lange les' ich es
In diesem unglückbringenden Gesichte.
Heraus damit! Sei's, was es wolle! Laßt
Nicht länger mich auf dieser Folter beben.
Was glaubt das Volk?

Domingo. Noch einmal, Sire, das Volk
Kann irren – und es irrt gewiß. Was es
Behauptet, darf den König nicht erschüttern –
Nur – *daß* es so weit schon sich wagen durfte,
Dergleichen zu behaupten –

König. Was? Muß ich
So lang' um einen Tropfen Gift Euch bitten?

Domingo. Das Volk denkt an den Monat noch zurücke,
Der Eure königliche Majestät
Dem Tode nahe brachte – dreißig Wochen
Nach diesem liest es von der glücklichen
Entbindung –

(Der König steht auf und zieht die Glocke. Herzog von Alba tritt herein. Domingo betroffen.)

Ich erstaune, Sire!

König *(dem Herzog Alba entgegen gehend).*

Toledo!
Ihr seid ein Mann. Schützt mich vor diesem Priester.

Domingo. *(Er und Herzog Alba geben sich verlegne Blicke. Nach einer Pause).*
Wenn wir voraus es hätten wissen können,
Daß diese Nachricht an dem Ueberbringer
Geahndet werden sollte –

König. Bastard, sagt Ihr?
Ich war, sagt Ihr, vom Tode kaum erstanden,
Als sie sich Mutter fühlte? – Wie? Das war
Ja damals, wenn ich anders mich nicht irre,
Als Ihr den heiligen Dominicus
In allen Kirchen für das hohe Wunder lobtet,
Das er an mir gewirkt? – Was damals Wunder
Gewesen, ist es jetzt nicht mehr? So habt
Ihr damals oder heute mir gelogen.
An was verlangt Ihr daß ich glauben soll?
O, ich durchschau Euch. Wäre das Komplott
Schon damals reif gewesen – ja, dann war
Der Heilige um seinen Ruhm.

Alba. Komplott!

König. Ihr solltet
Mit dieser beispiellosen Harmonie
Jetzt in derselben Meinung euch begegnen,
Und doch nicht einverstanden sein? Mich wollt
Ihr das bereden? Mich? Ich soll vielleicht
Nicht wahrgenommen haben, wie erpicht
Und gierig ihr auf euren Raub euch stürztet?
Mit welcher Wollust ihr an meinem Schmerz,
An meines Zornes Wallung euch geweidet?
Nicht merken soll ich, wie voll Eifer dort
Der Herzog brennt, der Gunst zuvorzueilen,
Die meinem Sohn beschieden war? Wie gerne
Der fromme Mann hier seinen kleinen Groll
Mit meines Zornes Riesenarm bewehrte?
Ich bin der Bogen, bildet ihr euch ein,
Den man nur spannen dürfe nach Gefallen? –
Noch hab' ich einen Willen auch – und wenn
Ich zweifeln soll, so laßt mich wenigstens
Bei euch den Anfang machen.

Alba. Diese Deutung
Hat unsre Treue nicht erwartet.

König. Treue!
Die Treue warnt vor drohenden Verbrechen,
Die Rachgier spricht von den begangenen.
Laßt hören! Was gewann ich denn durch eure
Dienstfertigkeit? – Ist, was ihr vorgebt, wahr,
Was bleibt mir übrig als der Trennung Wunde?
Der Rauche trauriger Triumph? – Doch nein,
Ihr fürchtet nur, ihr gebt mir schwankende
Vermuthungen – am Absturz einer Hölle
Laßt ihr mich stehen und entfliehet.

Domingo. Sind andre
Beweise möglich, wo das Auge selbst
Nicht überwiesen werden kann?

König *(nach einer großen Pause, ernst und feierlich zu Domingo sich wendend).*
Ich will
Die Großen meines Königreichs versammeln
Und selber zu Gerichte sitzen. Tretet
Heraus vor allen – habt Ihr Muth – und klaget
Als eine Buhlerin sie an! – Sie soll
Des Todes sterben – ohne Rettung – sie
Und der Infant soll sterben – aber – merkt Euch!
Kann sie sich reinigen – Ihr selbst! Wollt Ihr
Die Wahrheit durch ein solches Opfer ehren?
Entschließt Euch, Ihr wollt nicht? Ihr verstummt?
Ihr wollt nicht? – Das ist eines Lügners Eifer.

Alba *(der stillschweigend in der Ferne gestanden, kalt und ruhig).*
Ich will es.

König *(dreht sich erstaunt um und sieht den Herzog eine Zeit lang starr an).*
Das ist kühn! Doch mir fällt ein,
Daß Ihr in scharfen Schlachten Euer Leben
An etwas weit Geringeres gewagt –
Mit eines Würfelspielers Leichtsinn für
Des Ruhmes Unding es gewagt – Und was
Ist Euch das Leben? – Königliches Blut
Geb' ich dem Rasenden nicht preis, der nichts

Zu hoffen hat, als ein geringes Dasein
Erhaben aufzugeben – Euer Opfer
Verwerf' ich. Geht – geht, und im Audienzsaal
Erwartet meine weiteren Befehle. *(Beide gehen ab.)*

Fünfter Auftritt

Der König allein.

Jetzt gib mir einen Menschen, gute Vorsicht –
Du hat mir viel gegeben. Schenke mir
Jetzt einen Menschen. Du – du bist allein,
Denn deine Augen prüfen das Verborgne,
Ich bitte dich um einen Freund; denn ich
Bin nicht, wie du, allwissend. Die Gehilfen,
Die du mir zugeordnet hast, was sie
Mir sind, weißt du. Was sie verdienen, haben
Sie mir gegolten. Ihre zahmen Laster,
Beherrscht vom Zaume, dienen meinen Zwecken,
Wie deine Wetter reinigen die Welt.
Ich brauch Wahrheit – Ihre stille Quelle
Im dunkeln Schutt des Irrthums aufzugraben,
Ist nicht das Loos der Könige. Gib mir
Den seltnen Mann mit reinem, offnem Herzen,
Mit hellem Geist und unbefangnen Augen,
Der mir sie finden helfen kann – ich schütte
Die Loose auf; laß unter Tausenden,
Die um der Hoheit Sonnenscheibe flattern,
Den Einzigen mich finden.

(Er öffnet eine Schatulle und nimmt eine Schreibtafel heraus. Nachdem er eine Zeit lang darin geblättert.)

Bloße Namen –
Nur Namen stehen hier, und nicht einmal
Erwähnung des Verdiensts, dem sie den Platz
Auf dieser Tafel danken – und was ist
Vergeßlicher, als Dankbarkeit? Doch hier
Auf dieser andern Tafel les' ich jede

Vergehung pünktlich beigeschrieben. Wie?
Das ist nicht gut. Braucht etwa das Gedächtniß
Der Rache dieser Hilfe noch? *(Liest weiter.)* Graf Egmont?
Was will der hier? – Der Sieg bei Saint Quentin
War längst verwirkt. Ich werf' ihn zu den Todten.

(Er läscht diesen Namen aus und schreibt ihn auf die andere Tafel. Nachdem er weiter gelesen.)

Marquis von Posa? – Posa? – Posa? Kann
Ich dieses Menschen mich doch kaum besinnen!
Und zweifach angestrichen – ein Beweis,
Daß ich zu großen Zwecken ihn bestimmte!
Und, war es möglich? dieser Mensch entzog
Sich meiner Gegenwart bis jetzt? vermied
Die Augen seines königlichen Schuldners?
Bei Gott, im ganzen Umkreis meiner Staaten
Der einz'ge Mensch, der meiner nicht bedarf!
Besäß' er Habsucht oder Ehrbegierde,
Er wäre längst vor meinem Thron erschienen.
Wag' ich's mit diesem Sonderling? Wer mich
Entbehren kann, wird Wahrheit für mich haben. *(Er geht ab.)*

Der Audienzsaal.

Sechster Auftritt

***Don Carlos** im Gespräch mit dem **Prinzen von Parma. Die Herzoge von Alba, Feria** und **Medina Sidonia. Graf von Lerma** und noch andere Granden mit Schriften in der Hand. Alle den König erwartend.*

Medina Sidonia *(von allen Umstehenden sichtbar vermieden, wendet sich zum Herzog von Alba, der allein und in sich gekehrt auf und ab geht).*
Sie haben ja den Herrn gesprochen, Herzog. –
Wie fanden Sie ihn aufgelegt?

Alba. Sehr übel
Für Sie und Ihre Zeitungen.

Medina Sidonia. Im Feuer
Des englischen Geschützes war mir's leichter,
Als hier auf diesem Pflaster.

(Carlos, der mit stiller Theilnahme auf ihn geblickt hat, nähert sich ihm jetzt und drückt ihm die Hand.)

Warmen Dank
Für diese großmuthsvolle Thräne, Prinz.
Sie sehen, wie mich Alles flieht. Nun ist
Mein Untergang beschlossen.

Carlos. Hoffen Sie
Das Beste, Freund, von meines Vaters Gnade
Und Ihrer Unschuld.

Medina Sidonia. Ich verlor ihm eine Flotte,
Wie keine noch im Meer erschien – Was ist
Ein Kopf wie dieser gegen siebzig
Versunkne Gallionen? – Aber, Prinz –
Fünf Söhne, hoffnungsvoll, wie Sie – das bricht
Mein Herz –

Siebenter Auftritt

Der König** kommt angekleidet heraus. **Die Vorigen.

(Alle nehmen die Hüte ab und weichen zu beiden Seiten aus, indem sie einen halben Kreis um ihn bilden. Stillschweigen.)

König *(den ganzen Kreis flüchtig durchschauend).*
Bedeckt euch!

(Don Carlos und der Prinz von Parma nähern sich zuerst und küssen dem König die Hand. Er wendet sich mit einiger Freundlichkeit zu dem Letztern, ohne seinen Sohn bemerken zu wollen.)

Eure Mutter, Neffe,
Will wissen, wie man in Madrid mit Euch
Zufrieden sei.

Parma. Das frage sie nicht eher,
Als nach dem Ausgang meiner ersten Schlacht.

König. Gebt Euch zufrieden. Auch an Euch wird einst
Die Reihe sein, wenn diese Stämme brechen.
(Zum Herzog von Feria.)
Was bringt Ihr mir?

Feria *(ein Knie vor dem König beugend).* Der Großcomthur des Ordens
Von Calatrava starb an diesem Morgen.
Hier folgt sein Ritterkreuz zurück.

König *(nimmt den Orden und sieht im ganzen Zirkel herum).*
Wer wird
Nach ihm am würdigsten es tragen?
(Er winkt Alba zu sich, welcher sich vor ihm auf ein Knie niederläßt, und hängt ihm den Orden um.)
Herzog,
Ihr seid mein erster Feldherr – seid nie *mehr*,
So wird Euch meine Gnade niemals fehlen.
(Er wird den Herzog von Medina Sidonia gewahr.)
Sieh da, mein Admiral!

Medina Sidonia *(nähert sich wankend und kniet vor dem Könige nieder mit gesenktem Haupt).*
Das, großer König,
Ist Alles, was ich von der span'schen Jugend
Und der Armada wiederbringe.

König *(nach einem langen Stillschweigen).*

Gott
Ist über mir – ich habe gegen Menschen,
Nicht gegen Sturm und Klippen sie gesendet –
Seid mir willkommen in Madrid.
(Er reicht ihm die Hand zum Kusse.)
Und Dank,
Daß Ihr in Euch mir einen würd'gen Diener
Erhalten habt! Für diesen, meine Granden,
Erkenn' ich ihn, will ich erkannt ihn wissen.

(Er gibt ihm einen Wink, aufzustehen und sich zu bedecken – dann wendet er sich gegen die Andern.)
Was gibt es noch?
(Zu Don Carlos und dem Prinzen von Parma.)
Ich dank' euch, meine Prinzen.

(Diese treten ab. Die noch übrigen Granden nähern sich und überreichen dem König knieend ihre Papiere. Er durchsieht sie flüchtig und reicht sie dem Herzog von Alba.)

Legt das im Kabinet mir vor – – Bin ich zu Ende?
(Niemand antwortet.)
Wie kommt es denn, daß unter meinen Granden
Sich nie ein Marquis Posa zeigt? Ich weiß
Recht gut, daß dieser Marquis Posa mir
Mit Ruhm gedient. Er lebt vielleicht nicht mehr?
Warum erscheint er nicht?

Lerma. Der Chevalier
Ist kürzlich erst von Reisen angelangt,
Die er durch ganz Europa unternommen.
So eben ist er in Madrid und wartet
Nur auf den öffentlichen Tag, sich zu
Den Füßen seines Oberherrn zu werfen.

Alba. Marquis von Posa? – Recht! Das ist der kühne
Malteser, Ihre Majestät, von dem
Der Ruf die schwärmerische That erzählte.
Als auf des Ordensmeisters Aufgebot
Die Ritter sich auf ihrer Insel stellten,
Die Soliman belagern ließ, verschwand
Auf Einmal von Alcalas hoher Schule
Der achtzehnjähr'ge Jüngling. Ungerufen
Stand er vor la Valette. „Man kaufte mir
Das Kreuz,“ sagt' er; „ich will es jetzt verdienen.“
Von jenen vierzig Rittern war er einer,
Die gegen Piali, Ulucciali
Und Mustapha und Hassem das Kastell
Sanct Elmo in drei wiederholten Stürmen

Am hohen Mittag hielten. Als es endlich
Erstiegen wird und um ihn alle Ritter
Gefallen, wirft er sich ins Meer und kommt
Allein erhalten an bei la Valette.
Zwei Monate darauf verläßt der Feind
Die Insel, und der Ritter kommt zurück,
Die angefangnen Studien zu enden.

Feria. Und dieser Marquis Posa war es auch,
Der nachher die berüchtigte Verschwörung
In Catalonien entdeckt und bloß
Durch seine Fertigkeit allein der Krone
Die wichtigste Provinz erhielt.

König. Ich bin
Erstaunt – Was ist das für ein Mensch, der *das*
Gethan und unter Dreien, die ich frage,
Nicht einen einz'gen Neider hat? – Gewiß!
Der Mensch besitzt den ungewöhnlichsten
Charakter oder keinen – Wunders wegen
Muß ich ihn sprechen. *(Zum Herzog von Alba.)* Nach gehörter Messe
Bringt ihn ins Kabinet zu mir.

(Der Herzog geht ab. Der König ruft Feria.)

Und Ihr
Nehmt meine Stelle im geheimen Rathe. *(Er geht ab.)*

Feria. Der Herr ist heut sehr gnädig.

Medina Sidonia. Sagen Sie:
Er ist ein Gott! – Er ist es mir gewesen.

Feria. Wie sehr verdienen Sie Ihr Glück! Ich nehme
Den wärmsten Antheil, Admiral.

Einer von den Granden. Auch ich.

Ein Zweiter. Ich wahrlich auch.

Ein Dritter. Das Herz hat mir geschlagen.
Ein so verdienter General!

Der Erste. Der König
War gegen Sie nicht gnädig – nur gerecht.

Lerma *(im Abgehen zu Medina Sidonia).*
Wie reich sind Sie auf einmal durch zwei Worte! *(Alle gehen ab.)*

Das Kabinet des Königs.

Achter Auftritt

Marquis von Posa** und **Herzog von Alba.

Marquis *(im Hereintreten).*
Mich will er haben? Mich – Das kann nicht sein.
Sie irren sich im Namen – Und was will
Er denn von mir?

Alba. Er will Sie kennen lernen.

Marquis. Der bloßen Neugier wegen – O, dann Schade
Um den verlornen Augenblick – das Leben
Ist so erstaunlich schnell dahin.

Alba. Ich übergebe
Sie Ihrem guten Stern. Der König ist
In Ihren Händen. Nützen Sie, so gut
Sie können, diesen Augenblick, und sich,
Sich selber schreiben Sie es zu, geht er
Verloren. *(Er entfernt sich.)*

Neunter Auftritt

***Der Marquis** allein.*

Wohl gesprochen, Herzog. Nützen
Muß man den Augenblick, der *einmal* nur
Sich bietet. Wahrlich, dieser Höfling gibt
Mir eine gute Lehre – wenn auch nicht
In seinem Sinne gut, doch in dem meinen.
(Nach einigem Auf- und Niedergehen.)
Wie komm' ich aber hieher? – Eigensinn

Des launenhaften Zufalls wär' es nur,
Was mir mein Bild in *diesen* Spiegeln zeigt?
Aus einer Million gerade mich,
Den Unwahrscheinlichsten, ergriff und im
Gedächtnisse des Königs auferweckte?
Ein Zufall nur? Vielleicht auch mehr – und was
Ist Zufall anders, als der rohe Stein,
Der Leben annimmt unter Bildners Hand?
Den Zufall gibt die Vorsehung – zum Zwecke
Muß ihn der Mensch gestalten – Was der König
Mit mir auch wollen mag, gleichviel! – Ich weiß,
Was ich – ich mit dem König soll – und wär's
Auch eine Feuerglocke Wahrheit nur,
In des Despoten Seele kühn geworfen –
Wie fruchtbar in der Vorsicht Hand! So könnte,
Was erst so grillenhaft mir schien, sehr zweckvoll
Und sehr besonnen sein. Sein oder nicht
Gleichviel! In diesem Glauben will ich handeln.

(Er macht einige Gänge durch das Zimmer und bleibt endlich in ruhiger Betrachtung vor einem Gemälde stehen. Der König erscheint in dem angrenzenden Zimmer, wo er einige Befehle gibt. Alsdann tritt er herein, steht an der Thüre still und sieht dem Marquis eine Zeit lang zu, ohne von ihm bemerkt zu werden.)

Zehnter Auftritt

***Der König** und **Marquis von Posa**.*

(Dieser geht dem König, sobald er ihn gewahr wird, entgegen und läßt sich vor ihm auf ein Knie nieder, steht auf und bleibt ohne Zeichen der Verwirrung vor ihm stehen.)

König *(betrachtet ihn mit einem Blick der Verwunderung).*
Mich schon gesprochen also?

Marquis. Nein.

König. Ihr machtet
Um meine Krone Euch verdient. Warum

Entziehet Ihr Euch meinem Dank? In meinem
Gedächtniß drängen sich der Menschen viel.
Allwissend ist nur Einer. Euch kam's zu,
Das Auge Eures Königes zu suchen.
Weßwegen thatet Ihr das nicht?

Marquis. Es sind
Zwei Tage, Sire, daß ich ins Königreich
Zurück gekommen.

König. Ich bin nicht gesonnen,
In meiner Diener Schuld zu stehn – Erbittet
Euch eine Gnade.

Marquis. Ich genieße die Gesetze.

König. Dies Recht hat auch der Mörder.

Marquis. Wie viel mehr
Der gute Bürger! – Sire, ich bin zufrieden.

König *(für sich).* Viel Selbstgefühl und kühner Muth, bei Gott!
Doch das war zu erwarten – Stolz will ich
Den Spanier. Ich mag es gerne leiden,
Wenn auch der Becher überschäumt – Ihr tratet
Aus meinen Diensten, hör' ich?

Marquis. Einem Bessern
Den Platz zu räumen, zog ich mich zurücke.

König. Das thut mir leid. Wenn solche Köpfe feiern,
Wie viel Verlust für einen Staat – Vielleicht
Befürchtet Ihr, die Sphäre zu verfehlen,
Die Eures Geistes würdig ist.

Marquis. O nein!
Ich bin gewiß, daß der erfahrne Kenner,
In Menschenseelen, seinem Stoff, geübt,
Beim ersten Blicke wird gelesen haben,
Was ich ihm taugen kann. Was nicht. Ich fühle
Mit demuthsvoller Dankbarkeit die Gnade,
Die Eure königliche Majestät

Durch diese stolze Meinung auf mich häufen;
Doch – *(Er hält inne.)*

König. Ihr bedenket Euch?

Marquis. Ich bin – ich muß
Gestehen, Sire, sogleich nicht vorbereitet,
Was ich als Bürger dieser Welt gedacht,
In Worte Ihres Unterthans zu kleiden. –
Denn damals, Sire, als ich auf immer mit
Der Krone aufgehoben, glaubt' ich mich
Auch der Nothwendigkeit entbunden, ihr
Von diesem Schritte Gründe anzugeben.

König. So schwach sind diese Gründe? Fürchtet Ihr
Dabei zu wagen?

Marquis. Wenn ich Zeit gewinne,
Sie zu erschöpfen, Sire – mein Leben höchstens.
Die Wahrheit aber setz' ich aus, wenn Sie
Mir diese Gunst verweigern. Zwischen Ihrer
Ungnade und Geringschätzung ist mir
Die Wahl gelassen – Muß ich mich entscheiden,
Sie will ich ein Verbrecher lieber als
Ein Thor vor Ihren Augen gehen.

König *(mit erwartender Miene).* Nun?

Marquis. – Ich kann nicht Fürstendiener sein.
(Der König sieht ihn mit Erstaunen an.)
Ich will
Den Käufer nicht betrügen, Sire. – Wenn Sie
Mich anzustellen würdigen, so wollen
Sie nur die vorgewogne That. Sie wollen
Nur meinen Arm und meinen Muth im Felde,
Nur meinen Kopf im Rath. Nicht meine Thaten,
Der Beifall, den sie finden an dem Thron,
Soll meiner Thaten Endzweck sein. Mir aber,
Mir hat die Tugend eignen Werth. Das Glück,
Das der Monarch mit meinen Händen pflanzte,

Erschüf' ich selbst, und Freude wäre mir
Und eigne Wahl, was mir nur Pflicht sein sollte.
Und ist das Ihre Meinung? Können Sie
In Ihrer Schöpfung fremde Schöpfer dulden?
Ich aber soll zum Meißel mich erniedern,
Wo ich der Künstler könnte sein? – Ich liebe
Die Menschheit, und in Monarchieen darf
Ich Niemand lieben als mich selbst.

König. Dies Feuer
Ist lobenswerth. Ihr möchtet Gutes stiften.
Wie Ihr es stiftet, kann dem Patrioten,
Dem Weisen gleich viel heißen. Suchet Euch
Den Posten aus in meinen Königreichen,
Der Euch berechtigt, diesem edeln Triebe
Genug zu thun.

Marquis. Ich finde keinen.

König. Wie?

Marquis. Was Eure Majestät durch meine Hand
Verbreiten – ist das Menschenglück? Ist das
Dasselbe Glück, das meine reine Liebe
Den Menschen gönnt? – Vor diesem Glücke würde
Die Majestät erzittern – Nein! Ein neues
Erschuf der Krone Politik – ein Glück,
Das *sie* noch reich genug ist auszutheilen,
Und in dem Menschenherzen neue Triebe,
Die sich von diesem Glücke stillen lassen.
In ihren Münzen läßt sie Wahrheit schlagen,
Die Wahrheit, die sie dulden kann. Verworfen
Sind alle Stempel, die nicht diesem gleichen.
Doch, was der Krone frommen kann – ist das
Auch mir genug? Darf meine Bruderliebe
Sich zur Verkürzung meines Bruders borgen?
Weiß ich ihn glücklich – eh' er denken darf?
Mich wählen Sie nicht, Sire, Glückseligkeit,
Die *Sie* uns prägen, auszustreun. Ich muß

Mich weigern, diese Stempel auszugeben. –
Ich kann nicht Fürstendiener sein.

König *(etwas rasch).* Ihr seid
Ein Protestant.

Marquis *(nach einigem Bedenken).*

Ihr Glaube Sire, ist auch
Der meinige. *(Nach einer Pause.)* Ich werde mißverstanden.
Das war es, was ich fürchtete. Sie sehen
Von den Geheimnissen der Majestät
Durch meine Hand den Schleier weggezogen.
Wer sichert Sie, daß mir noch heilig heiße,
Was mich zu schrecken aufgehört? Ich bin
Gefährlich, weil ich über mich gedacht. –
Ich bin es nicht, mein König. Meine Wünsche
Verwesen hier. *(Die Hand auf die Brust gelegt.)*
Die lächerliche Wuth
Der Neuerung, die nur der Ketten Last,
Die sie nicht ganz zerbrechen kann, vergrößert,
Wird *mein* Blut nie erhitzen. Das Jahrhundert
Ist meinem Ideal nicht reif. Ich lebe
Ein Bürger derer, welche kommen werden.
Kann ein Gemälde Ihre Ruhe trüben? –
Ihr Athem löscht es aus.

König. Bin ich der Erste,
Der Euch von dieser Seite kennt?

Marquis.

Von dieser –
Ja!

König *(steht auf, macht einige Schritte und bleibt dem Marquis gegenüber stehen. Für sich).*
Neu zum wenigsten ist dieser Ton!
Die Schmeichelei erschöpft sich. Nachzuahmen
Erniedrigt einen Mann von Kopf. – Auch einmal
Die Probe von dem Gegentheil. – Warum nicht?

Das Ueberraschende macht Glück. – Wenn Ihr
Es so versteht, gut, so will ich mich
Auf eine neue Kronbedienung richten –
Den starken Geist –

Marquis. Ich höre, Sire, wie klein,
Wie niedrig Sie von Menschenwürde denken,
Selbst in des freien Mannes Sprache nur
Den Kunstgriff eines Schmeichlers sehen, und
Mir däucht, ich weiß, wer Sie dazu berechtigt.
Die Menschen zwangen Sie dazu; *die* haben
Freiwillig ihres Adels sich begeben,
Freiwillig sich auf diese niedre Stufe
Herab gestellt.. Erschrocken fliehen sie
Vor dem Gespenste ihrer innern Größe,
Gefallen sich in ihrer Armuth, schmücken
Mit feiger Weisheit ihre Ketten aus,
Und Tugend nennt man, sie mit Anstand tragen.
So überkamen Sie die Welt. So ward
Sie Ihrem großen Vater überliefert.
Wie könnten Sie in dieser traurigen
Verstümmlung – Menschen ehren?

König. Etwas Wahres
Find' ich in diesen Worten.

Marquis. Aber Schade!
Da Sie den Menschen aus des Schöpfers Hand
In Ihrer Hände Werk verwandelten
Und dieser neugegoßnen Kreatur
Zum Gott sich gaben – da versahen Sie's
In etwas nur: Sie blieben selbst noch Mensch –
Mensch aus des Schöpfers Hand. *Sie* fuhren fort
Als Sterblicher zu leiden, zu begehren;
Sie brauchen Mitgefühl – und einem Gott
Kann man nur opfern – zittern – zu ihm beten!
Bereuenswerther Tausch! Unselige
Verdrehung der Natur! – Da Sie den Menschen

Zu Ihrem Saitenspiel herunterstürzten,
Wer theilt mit Ihnen Harmonie?

König. (Bei Gott,
Er greift in meine Seele!)

Marquis.

Aber Ihnen
Bedeutet dieses Opfer nichts. Dafür
Sind Sie auch einzig – Ihre eigne Gattung –
Um diesen Preis sind Sie ein Gott. – Und schrecklich,
Wenn das *nicht* wäre – wenn für diesen Preis,
Für das zertretne Glück von Millionen,
Sie nichts gewonnen hätten! wenn die Freiheit,
Die Sie vernichteten, das Einz'ge wäre,
Das Ihre Wünsche reifen kann? Ich bitte,
Mich zu entlassen, Sire. Mein Gegenstand
Reißt mich dahin. Mein Herz ist voll – der Reiz
Zu mächtig, vor dem Einzigen zu stehen,
Dem ich es öffnen möchte.

(Der Graf von Lerma tritt herein und spricht einige Worte leise mit dem König. Dieser gibt ihm einen Wink, sich zu entfernen, und bleibt in seiner vorigen Stellung sitzen.)

König *(zum Marquis, nachdem Lerma weggegangen).*

Redet aus!

Marquis *(nach einigem Stillschweigen).*
Ich fühle, Sire, – den ganzen Werth –

König. Vollendet!
Ihr hattet mir noch mehr zu sagen.

Marquis. Sire!
Jüngst kam ich an von Flandern und Brabant. –
So viele reiche, blühende Provinzen!
Ein kräftiges, ein großes Volk – und auch
Ein gutes Volk – und Vater dieses Volkes,

Das, dacht' ich, das muß göttlich sein! – Da stieß
Ich auf verbrannte menschliche Gebeine –

(Hier schweigt er still; seine Augen ruhen auf dem König, der es versucht, diesen Blick zu erwiedern, aber betroffen und verwirrt zur Erde sieht.)

Sie haben Recht. *Sie* müssen. Daß Sie *können*,
Was Sie zu müssen eingesehen, hat mich
Mit schaudernder Bewunderung durchdrungen.
O Schade, daß, in seinem Blut gewälzt,
Das Opfer wenig dazu taugt, dem Geist
Des Opferers ein Loblied anzustimmen!
Daß Menschen nur – nicht Wesen höhrer Art –
Die Weltgeschichte schreiben! – Sanftere
Jahrhunderte verdrängen Philipps Zeiten;
Die bringen mildre Weisheit; Bürgerglück
Wird dann versöhnt mit Fürstengröße wandeln,
Der karge Staat mit seinen Kindern geizen,
Und die Nothwendigkeit wird menschlich sein.

König. Wann, denkt Ihr, würden diese menschlichen
Jahrhunderte erscheinen, hätt' ich vor
Dem Fluch des jetzigen gezittert? Sehet
In meinem Spanien Euch um. Hier blüht
Des Bürgers Glück in nie bewölktem Frieden;
Und *diese* Ruhe gönn' ich den Flamändern.

Marquis *(schnell).* Die Ruhe eines Kirchhofs! Und Sie hoffen,
Zu endigen, was Sie begannen? hoffen,
Der Christenheit gezeitigte Verwandlung,
Den allgemeinen Frühling aufzuhalten,
Der die Gestalt der Welt verjüngt? *Sie* wollen –
Allein in ganz Europa – sich dem Rade
Des Weltverhängnisses, das unaufhaltsam
In vollem Laufe rollt, entgegenwerfen?
Mit Menscharm in seine Speichen fallen?
Sie werden nicht! Schon flohen Tausende
Aus Ihren Ländern froh und arm. Der Bürger,
Den Sie verloren für den Glauben, war

Ihr edelster. Mit offnen Mutterarmen
Empfängt die Fliehenden Elisabeth,
Und fruchtbar blüht durch Künste unsers Landes
Britannien. Verlassen von dem Fleiß
Der neuen Christen, liegt Granada öde,
Und jauchzend sieht Europa seinen Feind
An selbstgeschlagnen Wunden sich verbluten.

(Der König ist bewegt; der Marquis bemerkt es und tritt einige Schritte zurück.)

Sie wollen pflanzen für die Ewigkeit,
Und säen Tod? Ein so erzwungnes Werk
Wird seines Schöpfers Geist nicht überdauern.
Dem Undank haben Sie gebaut – umsonst
Den harten Kampf mit der Natur gerungen,
Umsonst ein großes königliches Leben
Zerstörenden Entwürfen hingeopfert.
Der Mensch ist mehr, als Sie von ihm gehalten.
Des langen Schlummers Bande wird er brechen
Und wiederfordern sein geheiligt Recht.
Zu einem *Nero* und *Busiris* wirft
Er Ihren Namen, und – das schmerzt mich; denn
Sie waren gut.

König. Wer hat Euch dessen so
Gewiß gemacht?

Marquis *(mit Feuer).* Ja, beim Allmächtigen!
Ja – ja – ich wiederhol' es. Geben Sie,
Was Sie uns nahmen, wieder! Lassen Sie
Großmüthig, wie der Starke, Menschenglück
Aus Ihrem Füllhorn strömen – Geister reifen
In Ihrem Weltgebäude! Geben Sie,
Was Sie uns nahmen, wieder. Werden Sie
Von Millionen Königen ein König.

(Er nähert sich ihm kühn, und indem er feste und feurige Blicke auf ihn richtet.)

O, könnte die Beredsamkeit von allen
Den Tausenden, die dieser großen Stunde

Theilhaftig sind, auf meinen Lippen schweben,
Den Strahl, den ich in diesen Augen merke,
Zur Flamme zu erheben! Geben Sie
Die unnatürliche Vergöttrung auf,
Die uns vernichtet! Werden Sie uns Muster
Des Ewigen und Wahren! Niemals – niemals
Besaß ein Sterblicher so viel, so göttlich
Es zu gebrauchen. Alle Könige
Europens huldigen dem spanischen Namen.
Gehn Sie Europens Königen voran.
Ein Federzug von dieser Hand, und neu
Erschaffen wird die Erde. Geben Sie
Gedankenfreiheit. – *(Sich ihm zu Füßen werfend.)*

König *(überrascht, das Gesicht weggewandt und dann wieder au den Marquis geheftet).*
Sonderbarer Schwärmer!
Doch – steht auf – ich –

Marquis. Sehen Sie sich um
In seiner herrlichen Natur! Auf Freiheit
Ist sie gegründet – und wie reich ist sie
Durch Freiheit! Er, der große Schöpfer, wirft
In einen Tropfen Thau den Wurm und läßt
Noch in den todten Räumen der Verwesung
Die Willkür sich ergötzen – *Ihre* Schöpfung,
Wie eng und arm! Das Rauschen eines Blattes
Erschreckt den Herrn der Christenheit – Sie müssen
Vor jeder Tugend zittern. Er – der Freiheit
Entzückende Erscheinung nicht zu stören –
Er läßt des Uebels grauenvolles Heer
In seinem Weltall lieber toben – ihn,
Den Künstler, wird man nicht gewahr, bescheiden
Verhüllt er sich in ewige Gesetze;
Die sieht der Freigeist, doch nicht *ihn*. Wozu
Ein Gott? sagt er: die Welt ist sich genug.
Und keines Christen Andacht hat ihn mehr,
Als dieses Freigeists Lästerung, gepriesen.

König. Und wollet Ihr es unternehmen, dies
Erhabne Muster in der Sterblichkeit
In meinen Staaten nachzubilden?

Marquis. Sie,
Sie können es. Wer anders? Weihen Sie
Dem Glück der Völker die Regentenkraft,
Die – ach, so lang – des Thrones Größe nur
Gewuchert hatte – stellen Sie der Menschheit
Verlornen Adel wieder her. Der Bürger
Sei wiederum, was er zuvor gewesen,
Der Krone Zweck – ihn binde keine Pflicht,
Als seiner Brüder gleich ehrwürd'ge Rechte.

Der Landmann rühme sich des Pflugs und gönne
Dem König, der nicht Landmann ist, die Krone.
In seiner Werkstatt träume sich der Künstler
Zum Bildner einer schönern Welt. Den Flug
Des Denkers hemme ferner keine Schranke
Als die Bedingung endlicher Naturen.
Nicht in der Vatersorge stillem Kreis
Erscheine der gekrönte Fremdling. Nie
Erlaub' er sich, der Liebe heilige
Mysterien unedel zu beschleichen.
Die Menschheit zweifle, ob er ist. Belohnt
Durch eignen Beifall, berge sich der Künstler
Der angenehm betrogenen Maschine.

Wenn nun der Mensch, sich selbst zurückgegeben,
Zu seines Werths Gefühl erwacht – der Freiheit
Erhabne, stolze Tugenden gedeihen –
Dann, Sire, wenn Sie zum glücklichsten der Welt
Ihr eignes Königreich gemacht – dann ist
Es Ihre Pflicht, die Welt zu unterwerfen.

König *(nach einem großen Stillschweigen).*
Ich ließ Euch bis zum Ende reden – Anders,
Begreif' ich wohl, als sonst in Menschenköpfen,

Malt sich in diesem Kopf die Welt – auch will
Ich fremdem Maßstab Euch nicht unterwerfen.
Ich bin der Erste, dem Ihr Euer Innerstes
Enthüllt. Ich glaub' es, weil ich's weiß. Um dieser
Enthaltung willen, solche Meinungen,
Mit solchem Feuer doch umfaßt, verschwiegen
Zu haben bis auf diesen Tag – um dieser
Bescheidnen Klugheit willen, junger Mann,
Will ich vergessen, daß ich sie erfahren
Und wie ich sie erfahren. Stehet auf.
Ich will den Jüngling, der sich übereilte,
Als Greis und nicht als König widerlegen.
Ich will es, weil ich's will – Gift also selbst,
Find' ich, kann in gutartigen Naturen
Zu etwas Besserm sich veredeln – Aber
Flieht meine Inquisition. – Es sollte
Mir leid thun –

Marquis. Wirklich? Sollt' es das?

König *(in seinem Anblick verloren).*

Ich habe
Solch einen Menschen nie gesehen. – Nein,
Nein, Marquis! Ihr thut mir zu viel. Ich will
Nicht Nero sein. Ich will es nicht sein – will
Es gegen Euch nicht sein. Nicht alle
Glückseligkeit soll unter mir verdorren.
Ihr selbst, Ihr sollet unter meinen Augen
Fortfahren dürfen, Mensch zu sein.

Marquis *(rasch).* Und meine
Mitbürger, Sire? – O! nicht um mich war mir's
Zu thun, nicht *meine* Sache wollt' ich führen.
Und Ihre Unterthanen, Sire? –

König. Und wenn
Ihr so gut wisset, wie die Folgezeit
Mich richten wird, so lerne sie an Euch,

Wie ich mit Menschen es gehalten, als
Ich einen fand.

Marquis. O! der gerechteste
Der Könige sei nicht mit *einem Male*
Der ungerechteste in Ihrem Flandern
Sind tausend Bessere als ich. Nur *Sie* –
Darf ich es frei gestehen, großer König? –
Sie sehn jetzt unter diesem sanftern Bilde
Vielleicht zum ersten Mal die Freiheit.

König *(mit gemildertem Ernst).* Nichts mehr
Von diesem Inhalt, junger Mann. – Ich weiß,
Ihr werdet anders denken, kennet Ihr
Den Menschen erst, wie ich – Doch hätt' ich Euch
Nicht gern zum letzten Mal gesehn. Wie fang ich
Es an, Euch zu verbinden?

Marquis. Lassen Sie
Mich, wie ich bin. Was wär' ich Ihnen, Sire,
Wenn Sie auch mich bestächen?

König. Diesen Stolz
Ertrag' ich nicht. Ihr seid von heute an
In meinen Diensten. – Keine Einwendung!
Ich will es haben. *(Nach einer Pause.)* Aber wie? was wollte
Ich denn? War es nicht Wahrheit, was ich wollte?
Und hier find' ich noch etwas mehr – Ihr habt
Auf meinem Thron mich ausgefunden, Marquis.
Nicht auch in meinem Hause?
(Da sich der Marquis zu bedenken scheint).

Ich versteh' Euch
Doch – wär' ich auch von allen Vätern der
Unglücklichste, kann ich nicht glücklich sein
Als Gatte?

Marquis. Wenn ein hoffnungsvoller Sohn,
Wenn der Besitz der liebenswürdigsten
Gemahlin einem Sterblichen ein Recht

In diesem Namen geben, Sire, so sind Sie
Der Glücklichste durch Beides.

König *(mit finstrer Miene).* Nein, ich bin es nicht!
Und daß ich's nicht bin, hab' ich tiefer nie
Gefühlt, als eben jetzt –
(Mit einem Blick der Wehmuth auf dem Marquis verweilend.)

Marquis. Der Prinz denkt edel
Und gut. Ich hab' ihn anders nie gefunden.

König. Ich aber hab' es – Was er mir genommen,
Kann keine Krone mir ersetzen – eine
So tugendhafte Königin

Marquis. Wer kann
Es wagen, Sire?

König. Die Welt! Die Lästerung!
Ich selbst! – Hier liegen Zeugnisse, die ganz
Unwidersprechlich sie verdammen; andre
Sind noch vorhanden, die das Schrecklichste
Mich fürchten lassen – Aber, Marquis – schwer,
Schwer fällt es mir, an *eines* nur zu glauben.
Wer klagt sie an? – Wenn *sie* sie fähig sollte
Gewesen sein, so tief sich zu entehren,
O, wie viel mehr ist mir zu glauben dann
Erlaubt, daß eine Eboli verleumdet?
Haßt nicht der Priester meinen Sohn und sie?
Und weiß ich nicht, daß Alba Rache brütet?
Mein Weib ist mehr werth, als sie alle.

Marquis. Sire,
Und etwas lebt noch in des Weibes Seele,
Das über allen Schein erhaben ist
Und über alle Lästerung – es heißt
Weibliche Tugend.

König. Ja! Das sag' ich auch.
So tief, als man die Königin bezichtigt,
Herab zu sinken, kostet viel. So leicht,

Als man mich überreden möchte, reißen
Der Ehre heil'ge Bande nicht. Ihr kennt
Den Menschen, Marquis. Solch ein Mann hat mir
Schon längst gemangelt, Ihr seid gut und fröhlich,
Und kennet doch den Menschen auch – drum hab'
Ich Euch gewählt –

Marquis *(überrascht und erschrocken).*

Mich, Sire?

König. Ihr standet
Vor Eurem Herrn und habt nichts für Euch selbst
Erbeten – nichts. Das ist mir neu – Ihr werdet
Gerecht sein. Leidenschaft wird Euren Blick
Nicht irren – Dränget Euch zu meinem Sohn,
Erforscht das Herz der Königin. Ich will
Euch Vollmacht senden, sie geheim zu sprechen.
Und jetzt verlaßt mich! *(Er zieht eine Glocke.)*

Marquis. Kann ich es mit *einer*
Erfüllten Hoffnung? dann ist dieser Tag
Der schönste meines Lebens.

König *(reicht ihm die Hand zum Kusse).* Er ist kein
Verlorner in dem meinigen.

(Der Marquis steht auf und geht. Graf Lerma tritt herein.)

Der Ritter
Wird künftig ungemeldet vorgelassen.

Vierter Akt

Saal bei der Königin.

Erster Auftritt

Die Königin. Die Herzogin Olivarez. Die Prinzessin von Eboli. Die Gräfin Fuentes und noch andere Damen.

Königin *(zur Oberhofmeisterin, indem sie aufsteht).*
Der Schlüssel fand sich als nicht? – So wird
Man die Schatulle mir erbrechen müssen,
Und zwar sogleich –
(Da sie die Prinzessin von Eboli gewahr wird, welche sich ihr nähert und ihr die Hand küßt.)
Willkommen, liebe Fürstin.
Mich freut, Sie wieder hergestellt zu finden –
Zwar noch sehr blaß –

Fuentes *(etwas tückisch).* Die Schuld es bösen Fiebers,
Das ganz erstaunlich an die Nerven greift.
Nicht wahr, Prinzessin?

Königin. Sehr hab' ich gewünscht,
Sie zu besuchen, meine Liebe – Doch
Ich darf ja nicht.

Olivarez. Die Fürstin Eboli
Litt wenigstens nicht Mangel an Gesellschaft.

Königin. Das glaub' ich gern. Was haben Sie? Sie zittern.

Eboli. Nichts – gar nichts, meine Königin. Ich bitte
Um die Erlaubniß, wegzugehen.

Königin. Sie
Verhehlen uns, sind kränker gar, als Sie
Uns glauben machen wollen? Auch das Stehn
Wird Ihnen sauer. Helfen Sie ihr, Gräfin,
Auf dieses Tabouret sich niedersetzen.

Eboli. Im Freien wird mir besser. *(Sie geht ab.)*

Königin. Folgen Sie
Ihr, Gräfin – Welche Anwandlung!

(Ein Page tritt herein und spricht mit der Herzogin, welche sich alsdann zur Königin wendet.)

Olivarez.

Der Marquis
Von Posa, Ihre Majestät – Er kommt
Von Seiner Majestät dem König.

Königin.

Ich
Erwart' ihn.

(Der Page geht ab und öffnet dem Marquis die Thüre.)

Zweiter Auftritt

Marquis von Posa. Die Vorigen.

(Der Marquis läßt sich auf ein Knie vor der Königin nieder, welche ihm einen Wink gibt, aufzustehen.)

Königin. Was ist meines Herrn Befehl?
Darf ich ihn öffentlich –

Marquis. Mein Auftrag lautet
An Ihre königliche Majestät allein.

(Die Damen entfernen sich auf einen Wink der Königin.)

Dritter Auftritt

Die Königin. Marquis von Posa.

Königin *(voll Bewunderung).*
Wie? Darf ich meinen Augen trauen, Marquis?
Sie an mich abgeschickt vom König?

Marquis. Dünkt
Das Ihre Majestät so sonderbar?
Mir ganz und gar nicht.

Königin. Nun, so ist die Welt
Aus ihrer Bahn gewichen. Sie und *er* –
Ich muß gestehen –

Marquis. Daß es seltsam klingt?
Das mag wohl sein. – Die gegenwärt'ge Zeit
Ist noch an mehrern Wunderdingen fruchtbar.

Königin. An größern kaum.

Marquis. Gesetzt, ich hätte mich
Bekehren lassen endlich – wär' es müde,
An Philipps Hof den Sonderling zu spielen?
Den Sonderling! Was heißt auch das? Wer sich
Den Menschen nützlich machen will, muß doch
Zuerst sich ihnen gleich zu stellen suchen.
Wozu der Secte prahlerische Tracht?
Gesetzt – wer ist von Eitelkeit so frei,
Um nicht für seinen Glauben gern zu werben? –
Gesetzt, ich ginge damit um, den meinen
Auf einen Thron zu setzen?

Königin. Nein! – Nein, Marquis,
Auch nicht einmal im Scherze möcht' ich dieser
Unreifen Einbildung Sie zeihn. Sie sind
Der Träumer nicht, der etwas unternähme,
Was nicht geendigt werden kann.

Marquis. Das eben
Wär' noch die Frage, denk' ich.

Königin. Was ich höchstens
Sie zeihen könnte, Marquis – was von Ihnen
Mich fast befremden könnte, wäre – wäre –

Marquis. Zweideutelei. Kann sein.

Königin. Unredlichkeit
Zum wenigsten. Der König wollte mir
Wahrscheinlich nicht durch Sie anbieten lassen,
Was Sie mir sagen werden.

Marquis. Nein.

Königin. Und kann
Die gute Sache schlimme Mittel adeln?
Kann sich – verzeihen Sie mir diesen Zweifel –
Ihr edler Stolz in diesem Amte borgen?
Kaum glaub' ich es.

Marquis. Auch *ich* nicht, wenn es hier
Nur gelten soll, den König zu betrügen.
Doch das ist meine Meinung nicht. Ihm selbst
Gedenk' ich diesmal redlicher zu dienen,
Als er mir aufgetragen hat.

Königin. Daran
Erkenn' ich Sie, und nun genug! Was macht er?

Marquis. Der König? – Wie es scheint, bin ich sehr bald
An meiner strengen Richterin gerächt.
Was ich so sehr nicht zu erzählen eile,
Eilt Ihre Majestät, wie mir geschienen,
Noch weit, weit weniger zu hören. – Doch
Gehört muß es doch werden! Der Monarch
Läßt Ihr Majestät ersuchen, dem
Ambassadeur von Frankreich kein Gehör
Für heute zu bewilligen. Das war
Mein Auftrag. Er ist abgethan.

Königin. Und das
Ist Alles, Marquis, was Sie mir von ihm
Zu sagen haben?

Marquis. Alles ungefähr,
Was mich berechtigt, hier zu sein.

Königin. Ich will
Mich gern bescheiden, Marquis, nicht zu wissen,
Was mir vielleicht Geheimniß bleiben muß –

Marquis. Das *muß* es, meine Königin – Zwar, wären
Sie nicht *Sie* selbst, ich würde eilen, Sie

Von ein'gen Dingen zu belehren, vor
Gewissen Menschen Sie zu warnen – doch
Das braucht es nicht bei Ihnen. Die Gefahr
Mag auf- und untergehen um Sie her,
Sie sollen's nie erfahren. Alles Dies
Ist ja nicht so viel werth, den goldnen Schlaf
Von eines Engels Stirne zu verjagen.
Auch war es Das nicht, was mich hergeführt.
Prinz Carlos –

Königin. Wie verließen Sie ihn?

Marquis. Wie
Den einz'gen Weisen seiner Zeit, dem es
Verbrechen ist, die Wahrheit anzubeten –
Und eben so beherzt, für *seine* Liebe,
Wie Jener für die seinige, zu sterben.
Ich bringe wenig Worte – aber hier,
Hier ist er selbst. *(Er gibt der Königin einen Brief.)*

Königin *(nachdem sie ihn gelesen).*
Er muß mich sprechen, sagt er.

Marquis. Das sag' ich auch.

Königin. Wird es ihn glücklich machen,
Wenn er mit seinen Augen sieht, daß ich
Es auch nicht bin?

Marquis. Nein – aber thätiger
Soll es ihn machen und entschloßner.

Königin. Wie?

Marquis. Der Herzog Alba ist ernannt nach Flandern.

Königin. Ernannt – so hör' ich.

Marquis. Widerrufen kann
Der König nie. Wir kennen ja den König.
Doch wahr ist's auch: Hier darf der Prinz nicht bleiben –

Hier nicht, jetzt vollends nicht – und Flandern darf
Nicht aufgeopfert werden.

Königin. Wissen Sie
Es zu verhindern?

Marquis. Ja – vielleicht. Das Mittel
Ist fast so schlimm, als die Gefahr. Es ist
Verwegen, wie Verzweiflung. – Doch ich weiß
Von keinem andern.

Königin. Nennen Sie mir's.

Marquis. Ihnen,
Nur Ihnen, meine Königin, wag' ich
Es zu entdecken. Nur von Ihnen kann
Es Carlos hören, ohne Abscheu hören.
Der Name freilich, den es führen wird,
Klingt etwas rauh –

Königin. Rebellion –

Marquis. Er soll
Dem König ungehorsam werden, soll
Nach Brüssel heimlich sich begeben, wo
Mit offnen Armen die Flamänder ihn
Erwarten. Alle Niederlande stehen
Auf seine Losung auf. Die gute Sache
Wird stark durch einen Königssohn. Er mache
Den span'schen Thron durch seine Waffen zittern.
Was in Madrid der Vater ihm verweigert,
Wird er in Brüssel ihm bewilligen.

Königin. Sie sprachen
Ihn heute und behaupten das?

Marquis. Weil ich
Ihn heute sprach.

Königin *(nach einer Pause).* Der Plan, den Sie mir zeigen,
Erschreckt und – reizt mich auch zugleich. Ich glaube,
Daß Sie nicht Unrecht haben. – Die Idee

Ist kühn, und eben darum, glaub' ich,
Gefällt sie mir. Ich will sie reifen lassen.
Weiß sie der Prinz?

Marquis. Er sollte, war mein Plan,
Aus Ihrem Mund zum ersten Mal sie hören.

Königin. Unstreitig! Die Idee ist groß. – Wenn anders
Des Prinzen Jugend –

Marquis. Schadet nichts. Er findet
Dort einen Egmont und Oranien,
Die braven Krieger Kaiser Carls, so klug
Im Kabinet als fürchterlich im Felde.

Königin *(mit Lebhaftigkeit).*
Nein! die Idee ist groß und schön – Der Prinz
Muß handeln. Lebhaft fühl' ich das. Die Rolle,
Die man hier in Madrid ihn spielen sieht,
Drückt mich an seiner Statt zu Boden – Frankreich
Versprech' ich ihm; Savoyen auch. Ich bin
Ganz Ihrer Meinung, Marquis, er muß handeln.
Doch dieser Anschlag fordert Geld.

Marquis. Auch das liegt schon
Bereit –

Königin. Und dazu weiß ich Rath.

Marquis. So darf ich
Zu der Zusammenkunft ihm Hoffnung geben?

Königin. Ich will mir's überlegen.

Marquis. Carlos dringt
Auf Antwort, Ihre Majestät. – Ich hab'
Ihm zugesagt, nicht leer zurück zu kehren.
(Seine Schreibtafel der Königin reichend.)
Zwei Zeilen sind für jetzt genug –

Königin. *(nachdem sie geschrieben).*

Werd' ich
Sie wiedersehn?

Marquis. So oft Sie es befehlen.

Königin. So oft – so oft ich es befehle? – Marquis!
Wie muß ich diese Freiheit mir erklären?

Marquis. So arglos, als *Sie* immer können. Wir
Genießen sie – das ist genug – das ist
Für meine Königin genug.

Königin *(abbrechend).* Wie sollt' es
Mich freuen, Marquis, wenn der Freiheit endlich
Noch diese Zuflucht in Europa bliebe!
Wenn sie durch *ihn* es bliebe! – Rechnen Sie
Auf meinen stillen Antheil –

Marquis. *(mit Feuer).* O, ich wußt' es,
Ich mußte hier verstanden werden –

Herzogin Olivarez *(erscheint an der Thüre).*

Königin *(fremd zum Marquis).* Was
Von meinem Herrn, dem König, kommt, werd' ich
Als ein Gesetz verehren. Gehen Sie,
Ihm meine Unterwerfung zu versichern.

(Sie gibt ihm einen Wink. Der Marquis geht ab.)

Galerie.

Vierter Auftritt

Don Carlos und Graf Lerma.

Carlos. Hier sind wir ungestört. Was haben Sie
Mir zu entdecken?

Lerma. Eure Hoheit hatten
An diesem Hofe einen Freund.

Carlos *(stutzt)*. Den ich
Nicht wüßte! – Wie? Was wollen Sie damit?

Lerma. So muß ich um Vergebung bitten, daß
Ich mehr erfuhr, als ich erfahren durfte.
Doch, Eurer Hoheit zur Beruhigung,
Ich hab' es wenigstens von treuer Hand,
Denn, kurz, ich hab' es von mir selbst.

Carlos. Von wem
Ist denn die Rede?

Lerma. Marquis Posa –

Carlos. Nun?

Lerma. Wenn etwa mehr, als Jemand wissen darf,
Von Eurer Hoheit ihm bewußt sein sollte,
Wie ich beinahe fürchte –

Carlos. Wie Sie fürchten?

Lerma. – Er war beim König.

Carlos. So?

Lerma. Zwei volle Stunden
Und in sehr heimlichem Gespräch.

Carlos. Wahrhaftig?

Lerma. Es war von keiner Kleinigkeit die Rede.

Carlos. Das will ich glauben.

Lerma. Ihren Namen, Prinz,
Hört' ich zu öftern Malen.

Carlos. Hoffentlich
Kein schlimmes Zeichen.

Lerma. Auch ward heute Morgen
Im Schlafgemache seiner Majestät
Der Königin sehr räthselhaft erwähnt.

Carlos *(tritt bestürzt zurück)*. Graf Lerma?

Lerma. Als der Marquis weggegangen,
Empfing ich den Befehl, ihn künftighin
Unangemeldet vorzulassen.

Carlos. Das
Ist wirklich viel.

Lerma. Ganz ohne Beispiel, Prinz,
So lang mir denkt, daß ich dem König diene.

Carlos. Viel! Wahrlich viel! – Und wie? wie, sagten Sie,
Wie ward der Königin erwähnt?

Lerma *(tritt zurück).* Nein, Prinz,
Nein! Das ist wider meine Pflicht.

Carlos. Wie seltsam!
Sie sagen mit das Eine und verhehlen
Das Andre mir.

Lerma. Das Erste war ich Ihnen,
Das Zweite bin ich dem Monarchen schuldig.

Carlos. – Sie haben Recht.

Lerma. Den Marquis hab' ich zwar
Als Mann von Ehre stets gekannt.

Carlos. Dann haben
Sie ihn sehr gut gekannt.

Lerma. Jedwede Tugend
Ist fleckenfrei – bis auf den Augenblick
Der Probe.

Carlos. Auch wohl hier und da noch drüber.

Lerma. Und eines großen Königs Gunst dünkt mir
Der Frage werth. An diesem goldnen Angel
Hat manche starke Tugend sich verblutet.

Carlos. O ja.

Lerma. Oft sogar ist es weise, zu entdecken,
Was nicht verschwiegen bleiben kann.

Carlos. Ja, weise!
Doch, wie Sie sagen, haben Sie den Marquis
Als Mann von Ehre nur gekannt?

Lerma. Ist er
Es *noch*, so macht mein Zweifel ihn nicht schlechter.
Und Sie, mein Prinz, gewinnen doppelt. *(Er will gehen.)*

Carlos. *(folgt ihm gerührt und drückt ihm die Hand).*

Dreifach
Gewinn' ich, edler, würd'ger Mann – ich sehe
Um einen Freund mich reicher, und es kostet
Mir den nicht, den ich schon besaß. *(Lerma geht ab.)*

Fünfter Auftritt

***Marquis von Posa** kommt durch die Galerie. **Carlos**.*

Marquis. Carl! Carl!

Carlos. Wer ruft? Ah, du bist's! Eben recht. Ich eile
Voraus ins Kloster. Komm bald nach. *(Er will fort.)*

Marquis. Nur zwei
Minuten – bleib.

Carlos. Wenn man uns überfiele –

Marquis. Man wird doch nicht. Es ist sogleich geschehen.
Die Königin –

Carlos. Du warst bei meinem Vater?

Marquis. Er ließ mich rufen; ja.

Carlos *(voll Erwartung).* Nun?

Marquis. Es ist richtig.
Du wirst sie sprechen.

Carlos. Und der König? Was
Will der König?

Marquis. Der? Nicht viel. – Neugierde,
Zu wissen, wer ich bin. – Dienstfertigkeit
Von unbestellten guten Freunden. Was
Weiß ich? Er bot mir Dienste an.

Carlos. Die du
Doch abgelehnt?

Marquis. Versteht sich.

Carlos. Und wie kamt
Ihr auseinander?

Marquis. Ziemlich gut.

Carlos. Von mir
War also wohl die Rede nicht?

Marquis. Von dir?
Doch. Ja. Im Allgemeinen
(Er zieht ein Souvenir heraus und gibt es dem Prinzen.)
Hier vorläufig
Zwei Worte von der Königin, und morgen
Werd' ich erfahren, wo und wie –

Carlos *(liest sehr zerstreut, steckt die Schreibtafel ein und will gehen.)*

Beim Prior
Triffst du mich also.

Marquis. Warte doch. Was eilst du?
Es kommt ja Niemand.

Carlos. *(mit erkünsteltem Lächeln).* Haben wir denn wirklich
Die Rollen umgetauscht? Du bist ja heute
Erstaunlich sicher.

Marquis. Heute? Warum heute?

Carlos. Und was schreibt mir die Königin?

Marquis. Hast du
Denn nicht im Augenblick gelesen?

Carlos. Ich?
Ja so.

Marquis. Was hast du denn? Was ist dir?

Carlos *(liest das Geschriebene noch einmal. Entzückt und feurig).*

Engel
Des Himmels! Ja, ich will es sein – ich will –
Will deiner werth sein – Große Seelen macht
Die Liebe größer. Sei's auch, was es sei.
Wenn *du* es mir gebietest, ich gehorche –
Sie schreibt, daß ich auf eine wichtige
Entschließung mich bereiten soll. Was kann
Sie damit meinen? Weißt du nicht?

Marquis. Wenn ich's
Auch wüßte, Carl, bist du auch jetzt gestimmt,
Es anzuhören?

Carlos. Hab' ich dich beleidigt?
Ich war zerstreut. Vergib mir, Roderich.

Marquis. Zerstreut? Wodurch?

Carlos. Durch – ich weiß selber nicht.
Dies Souvenir ist also meins?

Marquis. Nicht ganz!
Vielmehr bin ich gekommen, mir sogar
Deins auszubitten.

Carlos. Meins? Wozu?

Marquis. Und was
Du etwa sonst an Kleinigkeiten, die
In keines Dritten Hände fallen dürfen,
An Briefen oder abgerissenen
Concepten bei dir führst – kurz, deine ganze
Brieftasche –

Carlos. Wozu aber?

Marquis. Nur auf alle Fälle.
Wer kann für Ueberraschung stehn? Bei mir
Sucht sie doch Niemand. Gib.

Carlos *(sehr unruhig).* Das ist doch seltsam!
Woher auf einmal diese –

Marquis. Sei ganz ruhig.
Ich will nichts damit angedeutet haben.
Gewißlich nicht! Es ist Behutsamkeit
Vor der Gefahr. So hab' ich's nicht gemeint,
So wahrlich nicht, daß du erschrecken solltest.

Carlos *(gibt ihm die Brieftasche).*
Verwahr' sie gut.

Marquis. Das werd' ich.

Carlos *(sieht ihn bedeutend an).* Roderich!
Ich gab dir viel.

Marquis. Noch immer nicht so viel,
Als ich von dir schon habe – Dort also
Das Uebrige, und jetzt leb' wohl! – leb' wohl! *(Er will gehen.)*

Carlos *(kämpft zweifelhaft mit sich selbst – endlich ruft er ihn zurück).*
Gibt mir die Briefe doch noch einmal. Einer
Von ihr ist auch darunter, den sie damals,
Als ich so tödtlich krank gelegen, nach
Alcala mir geschrieben. Stets hab' ich
Auf meinem Herzen ihn getragen. Mich
Von diesem Brief zu trennen, fällt mir schwer.
Laß mir den Brief – nur *den* – das Uebrige
Nimm alles.

(Er nimmt ihn heraus und gibt die Brieftasche zurück.)

Marquis. Carl, ich thu' es ungern. Just
Um diesen Brief war mir's zu thun.

Carlos. Leb' wohl!

(Er geht langsam und still weg, an der Thüre bleibt er einen Augenblick stehen, kehrt wieder um und bringt ihm den Brief.)

Da hast du ihn.

(Seine Hand zittert. Thränen stürzen aus seinen Augen, er fällt dem Marquis um den Hals und drückt sein Gesicht wider dessen Brust.)

Das kann mein Vater nicht?
Nicht wahr, mein Roderich? *Das* kann er doch nicht? *(Er geht schnell fort.)*

Sechster Auftritt

Marquis *(sieht ihm erstaunt nach).*

Wär's möglich? Wär' es? Also hätt' ich ihn
Doch nicht gekannt? Nicht ganz? In seinem Herzen
Wär' diese Falte wirklich mir entgangen?
Mißtrauen gegen seinen Freund!
Nein, es ist Lästerung! – Was that er mir,
Daß ich der Schwächen schwächster ihn verklage?
Was ich ihn zeihe, werd' ich selbst – Befremden –
Das mag es ihn, das glaub' ich gern. Wann hätte
Er dieser seltsamen Verschlossenheit
In seinem Freunde sich versehn? – Auch schmerzen!
Ich kann dir's nicht ersparen, Carl, und länger
Muß ich noch deine gute Seele quälen.
Der König glaubte dem Gefäß, dem er
Sein heiliges Geheimniß übergeben,
Und Glauben fordert Dankbarkeit. Was wäre
Geschwätzigkeit, wenn mein Verstummen dir
Nicht Leiden bringt? vielleicht erspart? Warum
Dem Schlafenden die Wetterwolke zeigen,
Die über seinem Scheitel hängt? – Genug,
Daß ich sie still an dir vorüber führe
Und, wenn du aufwachst, heller Himmel ist. *(Er geht ab.)*

Kabinet des Königs.

Siebenter Auftritt

Der König in einem Sessel – neben ihm die Infantin Clara Eugenia.

König *(nach einem tiefen Stillschweigen).*
Nein! Es ist dennoch meine Tochter – Wie
Kann die Natur mit solcher Wahrheit lügen?
Dies blaue Auge ist ja mein! Find' ich
In jedem dieser Züge mich nicht wieder?
Kind meiner Liebe, ja, du bist's. Ich drücke
Dich an mein Herz – du bist mein Blut.
(Er stutzt und hält inne.)
Mein Blut!
Was kann ich Schlimmres fürchten? Meine Züge,
Sind sie die *seinigen* nicht auch?

(Er hat das Medaillon in die Hand genommen und sieht wechselsweise auf das Bild und in einen gegenüber stehen den Spiegel – endlich wirft er es zur Erde, steht schnell auf und drückt die Infantin von sich.)

In diesem Abgrund geh' ich unter.

Achter Auftritt

Graf Lerma. Der König.

Lerma. Eben
Sind Ihre Majestät, die Königin,
Im Vorgemach erschienen.

König. Jetzt?

Lerma. Und bitten
Um gnädigstes Gehör –

König. Jetzt aber? Jetzt?
In dieser ungewohnten Stunde? – Nein!
Jetzt kann ich sie nicht sprechen – jetzt nicht –

Lerma. Hier
Sind Ihre Majestät schon selbst – *(Er geht ab.)*

Neunter Auftritt

Der König. Die Königin tritt herein. Die Infantin.

(Die Letztere fliegt ihr entgegen und schmiegt sich an sie an. Die Königin fällt vor dem König nieder, welcher stumm und verwirrt steht.)

Königin. Mein Herr
Und mein Gemahl – ich muß – ich bin gezwungen,
Vor Ihrem Thron Gerechtigkeit zu suchen.

König. Gerechtigkeit?

Königin. Unwürdig seh' ich mir
An diesem Hof begegnet. Meine
Schatulle ist erbrochen –

König. Was?

Königin. Und Sachen
Von großem Werth für mich daraus verschwunden –

König. Von großem Werth für Sie –

Königin. Durch die Bedeutung,
Die eines Unbelehrten Dreistigkeit
Vermögend wäre –

König. Dreistigkeit – Bedeutung –
Doch – stehn Sie auf.

Königin. Nicht eher, mein Gemahl,
Bis Sie durch ein Versprechen sich gebunden,
Kraft Ihres königlichen Arms zu meiner
Genugthuung den Thäter mir zu stellen,
Wo nicht, von einem Hofstaat mich zu trennen,
Der meinen Dieb verbirgt –

König. Stehn Sie doch auf –
In dieser Stellung – Stehn Sie auf –

Königin *(steht auf).* Daß er
Von Range sein muß, weiß ich – denn in der
Schatulle lag an Perlen und Demanten

Weit über eine Million, und er
Begnügte sich mit Briefen –

König. Die ich doch –

Königin. Recht gerne, mein Gemahl. Es waren Briefe
Und ein Medaillon von dem Infanten.

König. Von –

Königin. Dem Infanten, Ihrem Sohn.

König. An Sie?

Königin. An mich.

König. Von dem Infanten? Und das sagen
Sie *mir*?

Königin. Warum nicht Ihnen, mein Gemahl?

König. Mit dieser Stirne?

Königin. Was fällt Ihnen auf?
Ich denke, Sie erinnern sich der Briefe,
Die mit Bewilligung von beiden Kronen
Don Carlos mir nach Saint-Germain geschrieben.
Ob auch das Bild, womit er sie begleitet,
In diese Freiheit einbedungen worden,
Ob seine rasche Hoffnung eigenmächtig
Sich diesen kühnen Schritt erlaubt – das will
Ich zu entscheiden mich nicht unterfangen.
Wenn's Uebereilung war, so war es die
Verzeihlichste – da bin ich für ihn Bürge.
Denn damals fiel ihm wohl nicht bei, daß es
Für seine Mutter wäre –
(Sieht die Bewegung des Königs.)
Was ist das?
Was haben Sie?

Infantin *(welche unterdessen das Medaillon auf dem Boden gefunden und damit gespielt hat, bringt es der Königin.)*

Ah! Sieh da, meine Mutter!
Das schöne Bild –

Königin. Was denn, mein –
(Sie erkennt das Medaillon und bleibt in sprachloser Erstarrung stehen. Beide sehen einander mit unverwandten Augen an. Nach einem langen Stillschweigen.)
Wahrlich, Sire!
Dies Mittel, seiner Gattin Herz zu prüfen,
Dünkt mir sehr königlich und edel – Doch
Noch eine Frage möcht' ich mir erlauben.

König. Das Fragen ist an mir.

Königin. Durch meinen Argwohn
Soll doch die Unschuld wenigstens nicht leiden. –
Wenn also dieser Diebstahl Ihr Befehl
Gewesen –

König. Ja.

Königin. Dann hab' ich Niemand anzuklagen
Und Niemand weiter zu bedauern – Niemand,
Als *Sie*, dem *die* Gemahlin nicht geworden,
Bei welcher solche Mittel sich verlohnen.

König. *Die* Sprache kenn' ich. – Doch, Madame,
Zum zweiten Male soll sie mich nicht täuschen,
Wie in Aranjuez sie mich getäuscht.
Die engelreine Königin, die damals
Mit so viel Würde sich vertheidigt – jetzt
Kenn' ich sie besser.

Königin. Was ist das?

König. Kurz also
Und ohne Hinterhalt, Madame! – Ist's wahr,
Noch wahr, daß Sie mit Niemand dort gesprochen?
Mit Niemand? Ist das wirklich wahr?

Königin. Mit dem Infanten
Hab' ich gesprochen. Ja.

König. Ja? – Nun, so ist's
Am Tage. Es ist offenbar. So frech!
So wenig Schonung meiner Ehre!

Königin. Ehre, Sire?
Wenn Ehre zu verletzen war, so, fürcht' ich,
Stand eine größre auf dem Spiel, als mir
Castilien zur Morgengabe brachte.

König. Warum verleugnen Sie mir?

Königin. Weil ich
Es nicht gewohnt bin, Sire, in Gegenwart
Von Höflingen, auf Delinquentenweise
Verhören mich zu lassen. Wahrheit werde
Ich nie verleugnen, wenn mit Ehrerbietung
Und Güte sie gefordert wird. – Und war
Das wohl der Ton, den Eure Majestät
Mit in Aranjuez zu hören gaben?
Ist etwa sie versammelte Grandezza
Der Richterstuhl, vor welchen Königinnen
Zu ihrer stillen Thaten Rechenschaft
Gezogen werden? Ich gestattete
Dem Prinzen die Zusammenkunft, um die
Er dringend bat. Ich that es, mein Gemahl,
Weil ich es wollte – weil ich den Gebrauch
Nicht über Dinge will zum Richter setzen,
Die ich für tadellos erkannt – und Ihnen
Verbarg ich es, weil ich nicht lüstern war,
Mit Eurer Majestät um diese Freiheit
Vor meinem Hofgesinde mich zu streiten.

König. Sie sprechen kühn, Madame, sehr –

Königin. Und auch darum,
Setz' ich hinzu, weil der Infant doch schwerlich
Der Billigkeit, die er verdient, sich zu
Erfreuen hat in seines Vaters Herzen –

König. Die er verdient?

Königin. Denn warum soll ich es
Verbergen, Sire? – Ich schätz' ihn sehr und lieb' ihn
Als meinen theuersten Verwandten, der
Einst werth befunden worden, einen Namen
Zu führen, der mich mehr anging – Ich habe
Noch nicht recht einsehn lernen, daß er mir
Gerade darum fremder sollte sein,
Als jeder Andre, weil er ehedem
Vor jedem Andern theuer mir gewesen.
Wenn Ihre Staatsmaxime Bande knüpft,
Wie sie für gut es findet, soll es ihr
Doch etwas schwerer werden, sie zu lösen.
Ich will nicht hassen, wen ich soll – und, weil
Man endlich doch zu reden mich gezwungen –
Ich will es nicht – will meine Wahl nicht länger
Gebunden sehn –

König. Elisabeth! Sie haben
In schwachen Stunden mich gesehen. Diese
Erinnerung macht Sie so kühn. Sie trauen
Auf eine Allmacht, die Sie oft genug
An meiner Festigkeit geprüft. – Doch fürchten
Sie desto mehr. Was bis zu Schwächen mich
Gebracht, kann auch zu Raserei mich führen.

Königin. Was hab' ich denn begangen?

König *(nimmt ihre Hand).* Wenn es ist,
Doch ist – und ist es denn nicht schon? – wenn Ihrer
Verschuldung volles, aufgehäuftes Maß
Auch nur um eines Athems Schwere steigt –
Wenn ich der Hintergangne bin – *(Er läßt ihre Hand los.)* Ich kann
Auch über diese letzte Schwäche siegen.
Ich kann's und will's – Dann wehe mir und Ihnen,
Elisabeth!

Königin. Was hab' ich denn begangen?

König. Dann meinetwegen fließe Blut –

Königin. So weit
Ist es gekommen – Gott!

König. Ich kenne
Mich selbst nicht mehr – ich ehre keine Sitte
Und keine Stimme der Natur und keinen
Vertrag der Nationen mehr –

Königin. Wie sehr
Beklag' ich Eure Majestät –

König *(außer Fassung).* Beklagen!
Das Mitleid einer Buhlerin –

Infantin *(hängt sich erschrocken an ihre Mutter).*

Der König zürnt,
Und meine schöne Mutter weint.

König *(stößt das Kind unsanft von der Königin).*

Königin *(mit Sanftmuth und Würde, aber mit zitternder Stimme).*

Die Kind
Muß ich doch sicher stellen vor Mißhandlung.
Komm mit mir, meine Tochter. *(Sie nimmt es auf den Arm.)*
Wenn der König
Dich nicht mehr kennen will, so muß ich jenseits
Der Pyrenäen Bürger kommen lassen,
Die unsre Sache führen. *(Sie will gehen.)*

König *(betreten).* Königin?

Königin. Ich kann nicht mehr – das ist zu viel –
(Sie will die Thür erreichen und fällt mit dem Kinde an der Schwelle zu Boden.)

König *(hinzueilend, voll Bestürzung).* Gott! was ist das? –

Infantin *(ruft voll Schrecken).* Ach, meine Mutter blutet! *(sie eilt hinaus.)*

König *(ängstlich um sie beschäftigt).*
Welch fürchterlicher Zufall! Blut! Verdien' ich,
Daß Sie so hart mich strafen? Stehn Sie auf,
Erholen Sie sich! Stehn Sie auf! Man kommt!

Man überrascht uns – Stehn Sie auf! Soll sich
Mein ganzer Hof an diesem Schauspiel weiden?
Muß ich Sie bitten, aufzustehen?

(Sie richtet sich auf, von dem König unterstützt.)

Zehnter Auftritt

***Die Vorigen. Alba, Domingo** treten erschrocken herein. Damen folgen.*

König. Man bringe
Die Königin zu Hause. Ihr ist übel.

(Die Königin geht ab, begleitet von den Damen. Alba und Domingo treten näher.)

Alba. Die Königin in Thränen, und auf ihrem
Gesichte Blut –

König. Das nimmt die Teufel Wunder,
Die mich verleitet haben?

Alba, Domingo. Wir?

König. Die mir
Genug gesagt, zum Rasen mich zu bringen,
Zu meiner Ueberzeugung nichts.

Alba. Wir gaben,
Was wir gehabt –

König. Die Hölle dank' es euch.
Ich habe, was mit reut, gethan. War das
Die Sprache eines schuldigen Gewissens?

Marquis von Posa *(noch außerhalb der Scene).*
Ist der Monarch zu sprechen?

Eilfter Auftritt

Marquis von Posa. Die Vorigen.

König *(bei dieser Stimme lebhaft auffahrend und dem Marquis einige Schritte entgegen gehend).*
Ah, das ist er!

Seit mir willkommen, Marquis – Eurer, Herzog,
Bedarf ich jetzt nicht mehr. Verlaßt uns.

(Alba und Domingo sehen einander mit stummer Verwunderung an und gehen.)

Zwölfter Auftritt

Der König und Marquis von Posa.

Marquis. Sire!
Dem alten Manne, der in zwanzig Schlachten
Dem Tod für Sie entgegen ging, fällt es
Doch hart, sich so entfernt zu sehn!

König. Euch ziemt
Es, *so* zu denken, *so* zu handeln, mir.
Was Ihr in wenig Stunden mir gewesen,
War er in einem Menschenalter nicht.
Ich will nicht heimlich thun mit meinem Wohlgefallen;
Das Siegel meiner königlichen Gunst
Soll hell und weit auf Eurer Stirne leuchten.
Ich will den Mann, den ich zum Freund gewählt,
Beneidet sehn.

Marquis. Und dann auch, wenn die Hülle
Der Dunkelheit allein ihn fähig machte,
Des Namens werth zu sein?

König. Was bringt
Ihr mir?

Marquis. Als ich das Vorgemach durchgehe,
Hör' ich von einem schrecklichen Gerüchte,
Das mir unglaublich däucht – Ein heftiger
Wortwechsel – Blut – die Königin –

König. Ihr kommt von dort?

Marquis. Entsetzen sollt' es mich,
Wenn das Gerücht nicht Unrecht hätte, wenn
Von Eurer Majestät indeß vielleicht
Etwas geschehen wäre – Wichtige

Entdeckungen, die ich gemacht, verändern
Der Sache ganze Lage.

König. Nun?

Marquis. Ich fand
Gelegenheit, des Prinzen Portefeuille
Mit einigen Papieren wegzunehmen,
Die, wie ich hoffe, ein'ges Licht –
(Er gibt Carlos' Brieftasche dem König.)

König *(durchsieht sie begierig).* Ein Schreiben
Vom Kaiser, meinem Vater – – Wie? Von dem
Ich nie gehört zu haben mich entsinne?
(Er liest es durch, legt es bei Seite und eilt zu den andern Papieren.)
Der Plan zu einer Festung – Abgerißne
Gedanken aus dem Tacitus – Und was
Denn hier? – Die Hand sollt' ich doch kennen!
Es ist von einer Dame.
(Er liest aufmerksam, bald laut, bald leise.)
„Dieser Schlüssel – –
„Die hintern Zimmer im Pavillon
„Der Königin“ – Ha! Was wird das? – „Hier darf
„Die Liebe frei – Erhörung – schöner Lohn“ –
Satanische Verrätherei! Jetzt kenn' ich's,
Sie ist es. Es ist ihre Hand!

Marquis. Die Hand
Der Königin? Unmöglich –

König. Der Prinzessin
Von Eboli –

Marquis. So wär' es wahr, was mir
Unlängst der Page Henarez gestanden,
Der Brief und Schlüssel überbrachte.

König *(Des Marquis Hand fassend, in heftiger Bewegung).*
Marquis,
Ich sehe mich in fürchterlichen Händen!
Dies Weib – ich will es nur gestehen – Marquis,

Dies Weib erbrach der Königin Schatulle,
Die erste Warnung kam von ihr – Wer weiß,
Wie viel der Mönch drum wissen mag – Ich bin
Durch ein verruchtes Bubenstück betrogen.

Marquis. Dann wär' es ja noch glücklich –

König. Marquis! Marquis!
Ich fange an, zu fürchten, daß ich meiner
Gemahlin doch zu viel gethan –

Marquis. Wenn zwischen
Dem Prinzen und der Königin geheime
Verständnisse gewesen sind, so waren
Sie sicherlich von weit – weit anderm Inhalt,
Als dessen man sie angeklagt. Ich habe
Gewisse Nachricht, daß des Prinzen Wunsch,
Nach Flandern abzureisen, in dem Kopfe
Der Königin entsprang.

König. Ich glaubt' es immer.

Marquis. Die Königin hat Ehrgeiz – Darf ich mehr
Noch sagen? – Mit Empfindlichkeit sieht sie
In ihrer stolzen Hoffnung sich getäuscht
Und von des Thrones Antheil ausgeschlossen.
Des Prinzen rasche Jugend bot sich ihren
Weit blickenden Entwürfen dar – ihr Herz –
Ich zweifle, ob sie lieben kann.

König. Vor ihren
Staatsklugen Planen zittr' ich nicht.

Marquis. Ob sie geliebt wird? – Ob von dem Infanten
Nichts Schlimmeres zu fürchten? Diese Frage
Scheint mir der Untersuchung werth. Hier, glaub' ich,
Ist eine strenge Wachsamkeit vonnöthen –

König. Ihr haftet mir für ihn. –

Marquis *(nach einigem Bedenken).* Wenn Eure Majestät
Mich fähig halten, dieses Amt zu führen,

So muß ich bitten, es uneingeschränkt
Und *ganz* in meine Hand zu übergeben.

König. Das soll geschehen.

Marquis. Wenigstens durch keinen
Gehilfen, welchen Namen er auch habe,
In Unternehmungen, die ich etwa
Für nöthig finden könnte, mich zu stören –

König. Durch keinen. Ich versprech' es Euch. Ihr wart
Mein guter Engel. Wie viel Dank bin ich
Für diesen Wink Euch schuldig!
(Zu Lerma, der bei den letzten Worten hereintritt.)
Wie verließt Ihr
Die Königin?

Lerma. Noch sehr erschöpft von ihrer Ohnmacht.
(Er sieht den Marquis mit zweideutigen Blicken an und geht.)

Marquis *(nach einer Pause zum König).*
Noch eine Vorsicht scheint mir nöthig.
Der Prinz, fürcht' ich, kann Warnungen erhalten.
Er hat der guten Freunde viel – vielleicht
Verbindungen in Gent mit den Rebellen.
Die Furcht kann zu verzweifelten Entschlüssen
Ihn führen – Darum rieth' ich an, gleich jetzt
Vorkehrungen zu treffen, diesem Fall
Durch ein geschwindes Mittel zu begegnen.

König. Ihr habt ganz Recht. Wie aber –

Marquis. Ein geheimer
Verhaftsbefehl, den Eure Majestät
In meine Hände niederlegen, mich
Im Augenblicke der Gefahr sogleich
Desselben zu bedienen – und –
(Wie sich der König zu bedenken scheint.)
Es bliebe
Fürs Erste Staatsgeheimniß, bis –

König *(zum Schreibepult gehend und den Verhaftsbefehl niederschreibend).*
Das Reich
Ist auf dem Spiele – Außerordentliche Mittel
Erlaubt die dringende Gefahr – Hier, Marquis –
Euch brauch' ich keine Schonung zu empfehlen –

Marquis *(empfängt den Verhaftsbefehl).*
Es ist aufs Aeußerste, mein König.

König *(legt die Hand auf seine Schulter).* Geht,
Geht, lieber Marquis – Ruhe meinem Herzen
Und meinen Nächten Schlaf zurück zu bringen.

(Beide gehen ab zu verschiedenen Seiten.)

Galerie.

Dreizehnter Auftritt

Carlos *kommt in der größten Beängstigung.* ***Graf Lerma*** *ihm entgegen.*

Carlos. Sie such' ich eben.

Lerma. Und ich Sie.

Carlos. Ist's wahr?
Um Gottes willen, ist es wahr?

Lerma. Was denn?

Carlos. Daß er den Dolch nach ihr gezückt? daß man
Aus seinem Zimmer blutig sie getragen?
Bei allen Heiligen, antworten Sie!
Was muß ich glauben? was ist wahr?

Lerma. Sie fiel
Ohnmächtig hin und ritzte sich im Fallen.
Sonst war es nichts.

Carlos. Sonst hat es nicht Gefahr?
Sonst nicht? Bei Ihrer Ehre, Graf?

Lerma. Nicht für
Die Königin – doch desto mehr für Sie.

Carlos. Für meine Mutter nicht! Nun, Gott sei Dank!
Mit kam ein schreckliches Gerücht zu Ohren,
Der König rase gegen Kind und Mutter,
Und ein Geheimniß sei entdeckt.

Lerma. Das Letzte
Kann auch wohl wahr sein –

Carlos. Wahr sein! Wie?

Lerma. Prinz, eine Warnung gab ich Ihnen heute,
Die Sie verachtet haben. Nützen Sie
Die zweite besser.

Carlos. Wie?

Lerma. Wenn ich mich anders
Nicht irre, Prinz, sah ich vor wen'gen Tagen
Ein Portefeuille von himmelblauem Sammt,
Mit Gold durchwirkt, in Ihrer Hand –

Carlos *(etwas bestürzt).* So eins
Besitz' ich. Ja – Nun? –

Lerma. Auf der Decke, glaub' ich,
Ein Schattenriß, mit Perlen eingefaßt –

Carlos. Ganz recht.

Lerma. Als ich vorhin ganz unvermuthet
Ins Kabinet des Königs trag, glaubt' ich
Das nämliche in seiner Hand zu sehen,
Und Marquis Posa stand bei ihm –

Carlos *(nach einem kurzen erstarrenden Stillschweigen, heftig).* Das ist
Nicht wahr.

Lerma *(empfindlich).* Dann freilich bin ich ein Betrüger.

Carlos *(sieht ihn lange an).* Der sind Sie. Ja.

Lerma. Ach! ich verzeih' es Ihnen.

Carlos *(geht in schrecklicher Bewegung auf und nieder und bleibt endlich vor ihm stehen).*
Was hat er dir zu Leid gethan? Was haben
Die unschuldsvollen Bande dir gethan,
Die du mit höllischer Geschäftigkeit
Zu reißen dich beeiferst?

Lerma. Prinz, ich ehre
Den Schmerz, der Sie unbillig macht.

Carlos. O Gott!
Gott! – Gott! Bewahre mich vor Argwohn!

Lerma. Auch
Erinnr' ich mich des Königs eigner Worte:
Wie vielen Dank, sagt' er, als ich herein trat,
Bin ich für diese Neuigkeit Euch schuldig!

Carlos. O stille! stille!

Lerma. Herzog Alba soll
Gefallen sein – dem Prinzen Ruy Gomez
Das große Siegel abgenommen und
Dem Marquis übergeben sein –

Carlos *(in tiefes Grübeln verloren).* Und mir verschwieg er!
Warum verschwieg er mir?

Lerma. Der ganze Hof
Staunt ihn schon als allmächtigen Minister,
Als unumschränkten Günstling an –

Carlos. Er hat
Mich lieb gehabt, sehr lieb. Ich war ihm theuer,
Wie seine eigne Seele. O, das weiß ich –
Das haben tausend Proben mir erwiesen.
Doch sollen Millionen ihm, soll ihm
Das Vaterland nicht theurer sein als Einer?
Sein Busen war für einen Freund zu groß,
Und Carlos' Glück zu klein für seine Liebe.

Er opferte mich seiner Tugend. Kann
Ich ihn drum schelten? – Ja, es ist gewiß!
Jetzt ist's gewiß. Jetzt hab' ich ihn verloren.
(Er geht seitwärts und verhüllt das Gesicht.)

Lerma *(nach einigem Stillschweigen).*
Mein bester Prinz, was kann ich für Sie thun?

Carlos *(ohne ihn anzusehen).*
Zum König gehen und mich auch verrathen.
Ich habe nichts zu schenken.

Lerma. Wollen Sie
Erwarten, was erfolgen mag?

Carlos *(stützt sich auf das Geländer und sieht starr vor sich hinaus).*
Ich hab' ihn
Verloren. O, jetzt bin ich ganz verlassen!

Lerma *(nähert sich ihm mit theilnehmender Rührung).*
Sie wollen nicht auf Ihre Rettung denken?

Carlos. Auf meine Rettung? – Guter Mensch!

Lerma. Und sonst,
Sonst haben Sie für Niemand mehr zu zittern?

Carlos *(fährt auf).*
Gott! Woran mahnen Sie mich! – Meine Mutter!
Der Brief, den ich ihm wieder gab! ihm erst
Nicht lassen wollte und doch ließ!
(Er geht heftig und die Hände ringend auf und nieder.)
Womit
Hat *sie* es denn verdient um ihn? *Sie* hätt' er
Doch schonen sollen. Lerma, hätt' er nicht?
(Rasch entschlossen.)
Ich muß zu ihr – ich muß sie warnen, muß
Sie vorbereiten – Lerma, lieber Lerma –
Wen schick' ich denn? Hab' ich denn Niemand mehr?
Gott sei gelobt! Noch einen Freund – und hier
Ist nichts mehr zu verschlimmern. *(Schnell ab.)*

Lerma *(folgt ihm und ruft ihm nach).* Prinz! Wohin? *(Geht ab.)*

Vierzehnter Auftritt

Die Königin. Alba. Domingo.

Alba. Wenn uns vergönnt ist, große Königin –

Königin. Was steht zu Ihren Diensten?

Domingo. Redliche Besorgniß
Für Ihre königliche Majestät
Erhabene Person erlaubt uns nicht,
Bei einem Vorfall müßig still zu schweigen,
Der Ihre Sicherheit bedroht.

Alba. Wir eilen,
Durch unsre zeit'ge Warnung ein Komplott,
Das wider Sie gespielt wird, zu entkräften –

Domingo. Und unsern Eifer – unsre Dienste zu
Den Füßen Ihrer Majestät zu legen.

Königin *(sieht sie verwundernd an).*
Hochwürd'ger Herr, und Sie, mein edler Herzog,
Sie überraschen mich wahrhaftig. Solcher
Ergebenheit war ich mir von Domingo
Und Herzog Alba wirklich nicht vermuthend.
Ich weiß, wie ich sie schätzen muß – Sie nennen
Mir ein Komplott, das mich bedrohen soll.
Darf ich erfahren, wer – –

Alba. Wir bitten Sie,
Vor einem Marquis Posa sich zu hüten,
Der für des Königs Majestät geheime
Geschäfte führt.

Königin. Ich höre mit Vergnügen,
Daß der Monarch so gut gewählt. Den Marquis
Hat man mir längst als einen guten Menschen,
Als einen großen Mann gerühmt. Nie ward
Die höchste Gunst gerechter ausgetheilt –

Domingo. Gerechter ausgetheilt? Wir wissen's besser.

Alba. Es ist längst kein Geheimniß mehr, wozu
Sich dieser Mensch gebrauchen lassen.

Königin. Wie?
Was wär' denn das? Sie spannen meine ganze
Erwartung.

Domingo. Ist es schon von lange,
Daß Ihre Majestät zum letzten Mal in Ihrer
Schatulle nachgesehen?

Königin. Wie?

Domingo. Und haben
Sie nichts darin vermißt von Kostbarkeiten?

Königin. Wie so? Warum? Was ich vermisse, weiß
Mein ganzer Hof – Doch Marquis Posa? Wie
Kommt Marquis Posa damit in Verbindung?

Alba. Sehr nahe, Ihre Majestät – dann auch
Dem Prinzen fehlen wichtige Papiere,
Die in des Königs Händen diesen Morgen
Gesehen worden – als der Chevalier
Geheime Audienz gehabt.

Königin *(nach einigem Nachdenken).* Seltsam,
Bei Gott! und äußerst sonderbar! – Ich finde
Hier einen Feind, von dem mir nie geträumt,
Und wiederum zwei Freunde, die ich nie besessen
Zu haben mich entsinnen kann – Denn wirklich
(indem sie einen durchdringenden Blick auf beide heftet.)
Muß ich gestehn, ich war schon in Gefahr,
Den schlimmen Dienst, den mir bei meinem Herrn
Geleistet worden – Ihnen zu vergeben.

Alba. Uns?

Königin. Ihnen.

Domingo. Herzog Alba! Uns!

Königin *(noch immer die Augen fest auf sie gerichtet).*

Wie lieb
Ist es mir also, meiner Uebereilung
So bald gewahr zu werden – ohnehin
Hatt' ich beschlossen, Seine Majestät
Noch heut zu bitten, meinen Kläger mir
Zu stellen. Um so besser nun! So kann ich
Auf Herzog Albas Zeugniß mich berufen.

Alba. Auf mich? Das wollten Sie im Ernst?

Königin. Warum nicht?

Domingo. Um alle Dienste zu entkräften, die
Wir Ihnen im Verborgnen –

Königin. Im Verborgnen?
(Mit Stolz und Ernst.)
Ich wünschte doch zu wissen, Herzog Alba,
Was Ihres Königs Frau mit Ihnen, oder
Mit Ihnen, Priester, abzureden hätte,
Das ihr Gemahl nicht wissen darf – – Bin ich
Unschuldig oder schuldig?

Domingo. Welche Frage!

Alba. Doch, wenn der König so gerecht nicht wäre?
Es jetzt zum Mindesten nicht wäre?

Königin. Dann
Muß ich erwarten, bis er's wird – Wohl Dem,
Der zu gewinnen hat, wenn er's geworden!

(Sie macht ihnen eine Verbeugung und geht ab; jene entfernen sich nach einer andern Seite.)

Zimmer der Prinzessin von Eboli.

Fünfzehnter Auftritt

Prinzessin von Eboli.** Gleich darauf **Carlos.

Eboli. So ist sie wahr, die außerordentliche Zeitung,
Die schon den ganzen Hof erfüllt?

Carlos *(tritt herein).* Erschrecken Sie
Nicht. Fürstin! Ich will sanft sein, wie ein Kind.

Eboli. Prinz – diese Ueberraschung.

Carlos. Sind Sie noch
Beleidigt? noch?

Eboli. Prinz!

Carlos *(dringend).* Sind Sie noch beleidigt?
Ich bitte, sagen Sie es mir.

Eboli. Was soll das?
Sie scheinen zu vergessen, Prinz – Was suchen
Sie bei mir?

Carlos *(ihre Hand mit Heftigkeit fassend).*
Mädchen, kannst du ewig hassen?
Verzeiht gekränkte Liebe nie?

Eboli *(will sich losmachen).*
Erinnern Sie mich, Prinz?

Carlos. An deine Güte
Und meine Undank – Ach! ich weiß es wohl!
Schwer hab' ich dich beleidigt, Mädchen, habe
Dein sanftes Herz zerrissen, habe Thränen
Gepreßt aus diesen Engelblicken – ach!
Und bin auch jetzt nicht hier, es zu bereuen.

Eboli. Prinz, lassen Sie mich – ich –

Carlos. Ich bin gekommen,
Weil du ein sanftes Mädchen bist, weil ich
Auf deine gute, schöne Seele baue.
Sieh, Mädchen, sieh, ich habe keinen Freund mehr
Auf dieser Welt, als dich allein. Einst warst
Du mir so gut – Du wirst nicht ewig hassen
Und wirst nicht unversöhnlich sein.

Eboli. *(wendet das Gesicht ab).* O stille!
Nichts mehr, um Gottes willen, Prinz! –

Carlos. Laß mich
An jene goldnen Zeiten dich erinnern, –
An deine Liebe laß mich dich erinnern,
An deine Liebe, Mädchen, gegen die
Ich so unwürdig mich verging. Laß mich
Jetzt gelten machen, was ich dir gewesen,
Was deines Herzens Träume mir gegeben –
Noch einmal – nur noch *einmal* stelle mich
So, wie ich damals war, vor deine Seele,
Und diesem Schatten opfre, was du mir,
Mir ewig nie mehr opfern kannst.

Eboli. O Carl!
Wie grausam spielen Sie mit mir!

Carlos. Sei größer,
Als dein Geschlecht. Vergiß Beleidigungen!
Thu', was vor dir kein Weib gethan – nach dir
Kein Weib mehr thun wird. Etwas Unerhörtes
Fordr' ich von dir – Laß mich – auf meinen Knien
Beschwör' ich dich – laß mich, zwei Worte laß mich
Mit meiner Mutter sprechen. *(Er wirft sich vor ihr nieder.)*

Sechzehnter Auftritt

*Die Vorigen. **Marquis von Posa** stürzt herein; hinter ihm zwei Officiere der königlichen Leibwache.*

Marquis *(athemlos, außer sich dazwischentretend).*

Was hat er
Gestanden? Glauben Sie ihm nicht.

Carlos *(noch auf den Knieen, mit erhobener Stimme).*

Bei Allem,
Was heilig –

Marquis *(unterbricht ihn mit Heftigkeit).*
Er ist rasend. Hören Sie
Den Rasenden nicht an.

Carlos *(lauter, dringender).* Es gilt um Tod
Und Leben. Führen Sie mich zu ihr.

Marquis *(zieht die Prinzessin mit Gewalt von ihm).* Ich
Ermorde Sie, wenn Sie ihn hören. *(Zu einem von den Officieren.)* Graf
Von Cordua. Im Namen des Monarchen.
(Er zeigt den Verhaftsbefehl.)
Der Prinz ist Ihr Gefangener.

(Carlos steht erstarrt, wie vom Donner gerührt. Die Prinzessin stößt einen Laut des Schreckens aus und will fliehen, die Officiere erstaunen. Eine lange und tiefe Pause. Man sieht den Marquis sehr heftig zittern und mit Mühe seine Fassung behalten.)
(Zum Prinzen.)

Ich bitte
Um Ihren Degen – Fürstin Eboli,
Sie bleiben; und *(zum Officier)* Sie haften mir dafür,
Daß Seine Hoheit Niemand spreche – Niemand –
Sie selbst nicht, bei Gefahr des Kopfs!

(Er spricht noch Einiges leise mit dem Officier, darauf wendet er sich zum andern.)

Ich werfe
Sogleich mich selbst zu des Monarchen Füßen,
Ihm Rechenschaft zu geben – *(Zu Carlos.)* Und auch Ihnen –
Erwarten Sie mich, Prinz – in einer Stunde.

(Carlos läßt sich ohne Zeichen des Bewußtseins hinwegführen. – Nur im Vorübergehen läßt er einen matten, sterbenden Blick auf den Marquis fallen, der sein Gesicht verhüllt. Die Prinzessin versucht es noch einmal zu entfliehen; der Marquis führt sie beim Arme zurück.)

Siebzehnter Auftritt

Prinzessin von Eboli. Marquis von Posa.

Eboli. Um alles Himmel willen, lassen Sie
Mich diesen Ort –

Marquis *(führt sie ganz vor, mit fürchterlichem Ernst).*
Was hat er die gesagt,
Unglückliche?

Eboli. Nichts – Lassen Sie mich – Nichts –

Marquis *(hält sie mit Gewalt zurück. Ernster).*
Wie viel hast du erfahren? Hier ist kein
Entrinnen mehr. Du wirst auf dieser Welt
Es Niemand mehr erzählen.

Eboli *(sieht ihm erschrocken ins Gesicht).* Großer Gott!
Was meinen Sie damit? Sie wollen mich
Doch nicht ermorden?

Marquis *(zieht einen Dolch).* In der That, das bin
Ich sehr gesonnen. Mach' es kurz.

Eboli. Mich? mich?
O ewige Barmherzigkeit! Was hab'
Ich denn begangen?

Marquis *(zum Himmel sehend, den Dolch auf ihre Brust gesetzt).*
Noch ist's Zeit. Noch trat
Das Gift nicht über diese Lippen. Ich
Zerschmettre das Gefäß, und Alles bleibt,
Wie es gewesen – Spaniens Verhängniß
Und eines Weibes Leben! –
(Er bleibt in dieser Stellung zweifelhaft ruhen.)

Eboli *(ist an ihm niedergesunken und sieht ihm fest ins Gesicht).*
Nun? was zaudern Sie?
Ich bitte nicht um Schonung – Nein! Ich habe
Verdient zu sterben, und ich will's.

Marquis *(läßt die Hand langsam sinken. Nach einem kurzen Besinnen).*
Das wäre
So feig, als es barbarisch ist – Nein, nein!
Gott sei gelobt! Noch gibt's ein andres Mittel!

(Er läßt den Dolch fallen und eilt hinaus. Die Prinzessin stürzt fort durch eine andere Thüre.)

Ein Zimmer der Königin.

Achtzehnter Auftritt

***Die Königin** zur **Gräfin Fuentes**.*

Was für ein Auflauf im Palaste? Jedes
Getöse, Gräfin, macht mir heute Schrecken.
O, sehen Sie doch nach und sagen mir,
Was es bedeutet.

(Die Gräfin Fuentes geht ab, und herein stürzt die Prinzessin von Eboli.)

Neunzehnter Auftritt

Königin. Prinzessin von Eboli.

Eboli *(athemlos, bleich und entstellt vor der Königin niedergesunken).*
Königin! Zu Hilfe!
Er ist gefangen!

Königin. Wer?

Eboli. Der Marquis Posa
Nahm auf Befehl des Königs ihn gefangen.

Königin. Wen aber? wen?

Eboli. Den Prinzen.

Königin. Rasest du?

Eboli. So eben führen sie ihn fort.

Königin. Und wer
Nahm ihn gefangen?

Eboli. Marquis Posa.

Königin. Nun,
Gott sei gelobt, daß es der Marquis war,
Der ihn gefangen nahm!

Eboli. Das sagen Sie
So ruhig, Königin? so kalt? O Gott!
Sie ahnen nicht – Sie wissen nicht –

Königin. Warum er
Gefangen worden? – Eines Fehltritts wegen,
Vermuth' ich, der dem heftigen Charakter
Des Jünglings sehr natürlich war.

Eboli. Nein, nein!
Ich weiß es besser – Nein – O Königin!
Verruchte, teufelische That! Für ihn
Ist keine Rettung mehr! Er stirbt!

Königin. Er stirbt!

Eboli. Und seine Mörderin bin ich!

Königin. Er stirbt!
Wahnsinnige, bedenkst du?

Eboli. Und warum –
Warum er stirbt! – O, hätt' ich wissen können,
Daß es bis dahin kommen würde!

Königin *(nimmt sie gütig bei der Hand).* Fürstin!
Noch sind Sie außer Fassung. Sammeln Sie
Erst Ihre Geister, daß Sie ruhiger,
Nicht in so grauenvollen Bildern, die
Mein Innerstes durchschauern, mir erzählen.
Was wissen Sie? Was ist geschehen?

Eboli. O!
Nicht diese himmlische Herablassung,
Nicht diese Güte, Königin! Wie Flammen
Der Hölle schlägt sie brennend mein Gewissen.

Ich bin nicht würdig, den entweihten Blick
In Ihrer Glorie empor zu richten.
Zertreten Sie die Elende, die sich,
Zerknirscht von Reue, Scham und Selbstverachtung
Zu Ihren Füßen krümmt.

Königin. Unglückliche!
Was haben Sie mir zu gestehen?

Eboli. Engel
Des Lichtes! Große Heilige! Noch kennen,
Noch ahnen Sie den Teufel nicht, dem Sie
So liebevoll gelächelt – Lernen Sie
Ihn heute kennen. Ich – ich war der Dieb,
Der Sie bestohlen. –

Königin. Sie?

Eboli. Und jene Briefe
Dem König ausgeliefert –

Königin. Sie?

Eboli. Der sich
Erdreistet hat, Sie anzuklagen –

Königin. Sie,
Sie konnten –

Eboli. Rache – Liebe – Raserei –
Ich haßte Sie und liebte den Infanten –

Königin. Weil Sie ihn liebten –?

Eboli. Weil ich's ihm gestanden
Und keine Gegenliebe fand.

Königin *(nach einigem Stillschweigen).* O, jetzt
Enträthselt sich mir Alles! – Stehn Sie auf,
Sie liebten ihn – ich habe schon vergeben.
Es ist nun schon vergessen – Stehn Sie auf.
(Sie reicht ihr den Arm.)

Eboli. Nein! nein!
Ein schreckliches Geständniß ist noch übrig.
Nicht eher, große Königin –

Königin *(aufmerksam).* Was werd' ich
Noch hören müssen? Reden Sie –

Eboli. Der König –
Verführung – O, Sie blicken weg – ich lese
In Ihrem Angesicht Verwerfung – das
Verbrechen, dessen ich Sie zeihte – ich
Beging es selbst.

(Sie drückt ihr glühendes Gesicht auf den Boden. Die Königin geht ab. Große Pause. Die Herzogin von Olivarez kommt nach einigen Minuten aus dem Kabinet, in welches die Königin gegangen war, und findet die Fürstin noch in der vorigen Stellung liegen. Sie nähert sich ihr stillschweigend; auf das Geräusch richtet sich die Letztere auf und fährt wie eine Rasende in die Höhe, da sie die Königin nicht mehr gewahr wird.)

Zwanzigster Auftritt

Prinzessin von Eboli. Herzogin von Olivarez.

Eboli. Gott, sie hat mich verlassen!
Jetzt ist es aus.

Olivarez *(tritt ihr näher).* Prinzessin Eboli –

Eboli. Ich weiß, warum Sie kommen, Herzogin.
Die Königin schickt Sie heraus, mein Urtheil
Mir anzukündigen – Geschwind!

Olivarez. Ich habe
Befehl von Ihrer Majestät, Ihr Kreuz
Und Ihre Schlüssel in Empfang zu nehmen –

Eboli *(nimmt ein goldenes Ordenskreuz vom Busen und gibt es in die Hände der Herzogin).*
Doch *einmal* noch ist mir gegönnt, die Hand
Der besten Königin zu küssen?

Olivarez. Im
Marienkloster wird man Ihnen sagen,
Was über Sie beschlossen ist.

Eboli *(unter hervorstürzenden Thränen).* Ich sehe
Die Königin nicht wieder?

Olivarez *(umarmt sie mit abgewandtem Gesicht).* Leben Sie glücklich!

(Sie geht schnell fort. Die Prinzessin folgt ihr bis an die Thüre des Kabinets, welches sogleich hinter der Herzogin verschlossen wird. Einige Minuten bleibt sie stumm und unbeweglich auf den Knieen davor liegen, dann rafft sie sich auf und eilt hinweg mit verhülltem Gesicht.)

Einundzwanzigster Auftritt

Königin. Marquis von Posa.

Königin. Ach, endlich, Marquis! Glücklich, daß Sie kommen!

Marquis *(bleich, mit zerstörtem Gesicht, bebender Stimme und durch diesen ganzen Auftritt in feierlicher, tiefer Bewegung).*
Sind Ihre Majestät allein? Kann Niemand
In diesen nächsten Zimmern uns behorchen?

Königin. Kein Mensch – Warum? Was bringen Sie?
(Indem sie ihn genauer ansieht und erschrocken zurück tritt.)
Und wie
So ganz verändert! Was ist das? Sie machen
Mich zittern, Marquis – alle Ihre Züge
Wie eines Sterbenden entstellt –

Marquis. Sie wissen
Vermuthlich schon –

Königin. Daß Carl gefangen worden,
Und zwar durch Sie, setzt man hinzu – So ist
Es dennoch wahr? Ich wollt' es keinem Menschen
Als Ihnen glauben.

Marquis. Es ist wahr.

Königin. Durch Sie?

Marquis. Durch mich.

Königin *(sieht ihn einige Augenblicke zweifelhaft an).*
Ich ehre Ihre Handlungen,
Auch wenn ich sie nicht fasse – diesmal aber
Verzeihen Sie dem bangen Weib – Ich fürchte,
Sie spielen ein gewagtes Spiel.

Marquis. Ich hab' es
Verloren.

Königin. Gott im Himmel!

Marquis. Sei'n Sie
Ganz ruhig, meine Königin. Für *ihn*
Ich schon gesorgt. Ich hab' es *mir* verloren.

Königin. Was werd' ich hören! Gott!

Marquis. Denn wer,
Wer hieß auf einen zweifelhaften Wurf
Mich Alles setzen? Alles? so verwegen,
So zuversichtlich mit dem Himmel spielen?
Wer ist der Mensch, der sich vermessen will,
Des Zufalls schweres Steuer zu regieren,
Und doch nicht der Allwissenden zu sein?
O, es ist billig! – Doch warum denn jetzt
Von mir? Der Augenblick ist kostbar, wie
Das Leben eines Menschen! Und wer weiß,
Ob aus des Richters karger Hand nicht schon
Die letzten Tropfen für mich fallen?

Königin. Aus
Des Richters Hand? – Welch feierlicher Ton!
Ich fasse nicht, was diese Reden meinen,
Doch sie entsetzen ich –

Marquis. Er ist gerettet!
Um welchen Preis er's ist, gleichviel! Doch nur
Für heute. Wenig Augenblicke sind

Noch sein. Er spare sie. Noch diese Nacht
Muß er Madrid verlassen.

Königin. Diese Nacht noch?

Marquis. Anstalten sind getroffen. In demselben
Karthäuserkloster, das schon lange Zeit
Die Zuflucht unsrer Freundschaft war gewesen,
Erwartet ihn die Post. Hier ist in Wechseln,
Was mir das Glück auf dieser Welt gegeben.
Was mangelt, legen *Sie* noch bei. Zwar hätt' ich
An meinen Carl noch Manches auf dem Herzen,
Noch Manches, das er wissen muß; doch leicht
Könnt' es an Muße mir gebrechen, Alles
Persönlich mit ihm abzuthun – Sie sprechen
Ihn diesen Abend, darum wend' ich mich
An Sie –

Königin. Um meiner Ruhe willen, Marquis,
Erklären Sie sich deutlicher – nicht in
So fürchterlichen Räthseln reden Sie
Mit mir – Was ist geschehn?

Marquis. Ich habe noch
Ein wichtiges Bekenntniß abzulegen;
In Ihre Hände leg' ich's ab. Mir ward
Ein Glück, wie es nur Wenigen geworden;
Ich liebte einen Fürstensohn – Mein Herz,
Nur einem Einzigen geweiht, umschloß
Die ganze Welt! – In meines Carlos' Seele
Schuf ich ein Paradies für Millionen.
O, meine Träume waren schön – Doch es
Gefiel der Vorsehung, mich vor der Zeit
Von meiner schönen Pflanzung abzurufen.
Bald hat er seinen Roderich nicht mehr,
Der Freund hört auf in der Geliebten. Hier,
Hier – hier – auf diesem heiligen Altare,
Im Herzen seiner Königin leg' ich
Mein letztes kostbares Vermächtniß nieder,

Hier find' er's, wenn ich nicht mehr bin –
(Er wendet sich ab, Thränen ersticken seine Stimme.)

Königin. Das ist
Die Sprache eines Sterbenden. Doch hoff' ich,
Es ist nur Wirkung Ihres Blutes – oder
Liegt Sinn in diesen Reden?

Marquis *(hat sich zu sammeln gesucht und fährt mit festerm Tone fort).*
Sagen Sie
Dem Prinzen, daß er denken soll des Eides,
Den wir in jenen schwärmerischen Tagen
Auf die getheilte Hostie geschworen.
Den meinigen hab' ich gehalten, bin
Ihm treu geblieben bis zum Tod – jetzt ist's
An ihm, den seinigen –

Königin. Zum Tod?

Marquis. Er mache –
O, sagen Sie es ihm! das Traumbild wahr,
Das kühne Traumbild eines neuen Staates,
Der Freundschaft göttliche Geburt. Er lege
Die erste Hand an diesen rohen Stein.
Ob er vollende oder unterliege –
Ihm einerlei! Er lege Hand an. Wenn
Jahrhunderte dahin geflohen, wird
Die Vorsicht einen Fürstensohn, wie er,
Auf einen Thron, wie seiner, wiederholen
Und ihren neuen Liebling mir derselben
Begeisterung entzünden. Sagen Sie
Ihm, daß er für die Träume seiner Jugend
Soll Achtung tragen, wenn er Mann sein wird,
Nicht öffnen soll dem tödtenden Insekte
Gerühmter besserer Vernunft das Herz
Der zarten Götterblume – daß er nicht
Soll irre werden, wenn des Staubes Weisheit
Begeisterung, die Himmelstocher, lästert.
Ich hab' es ihm zuvor gesagt –

Königin. Wie, Marquis?
Und wozu führt –

Marquis. Und sagen Sie ihm, daß
Ich Menschenglück auf seine Seele lege,
Daß ich es sterbend von ihm fordre – fordre!
Und sehr dazu berechtigt war. Es hätte
Bei mir gestanden, einen neuen Morgen
Heraufzuführen über diese Reiche.
Der König schenkte mir sein Herz. Er nannte
Mich seinen Sohn – Ich führe seine Siegel,
Und seine Alba sind nicht mehr.

(Er hält inne und sieht einige Augenblicke stillschweigend auf die Königin.)

Sie weinen –
Ich, diese Thränen kenn' ich, schöne Seele!
Die Freude macht die fließen. Doch – vorbei,
Es ist vorbei. Carl oder ich. Die Wahl
War schnell und schrecklich. Einer war verloren,
Und *ich* will dieser Eine sein – ich lieber –
Verlangen Sie nicht mehr zu wissen.

Königin. Jetzt,
Jetzt endlich fang' ich an, Sie zu begreifen –
Unglücklicher, was haben Sie gethan?

Marquis. Zwei kurze Abendstunden hingegeben,
Um einen hellen Sommertag zu retten.
Den König geb' ich auf. Was kann ich auch
Dem König sein? – In diesem starren Boden
Blüht keine meiner Rosen mehr – Europas
Verhängniß reift in meinem großen Freunde!
Auf ihn verweis' ich Spanien – Es blute
Bis dahin unter Philipps Hand! – Doch, weh!
Weh mir und ihm, wenn ich bereuen sollte,
Vielleicht das Schlimmere gewählt! – Nein, nein!
Ich kenne meinen Carlos – Das wird nie
Geschehn – und meine Bürgin, Königin,

Sind *Sie (Nach einigem Stillschweigen.)*
Ich sah sie keimen, diese Liebe, sah
Der Leidenschaften unglückseligste
In seinem Herzen Wurzel fassen – Damals
Stand es in meiner Macht, sie zu bekämpfen.
Ich that es nicht. Ich nährte diese Liebe,
Die mir nicht unglückselig war. Die Welt
Kann anders richten. Ich bereue nicht.
Mein Herz klagt mich nicht an. Ich sahe Leben,
Wo sie nur Tod – in dieser hoffnungslosen Flamme
Erkannt' ich früh der Hoffnung goldnen Strahl.
Ich wollt' ihn führen zum Vortrefflichen,
Zur höchsten Schönheit wollt' ich ihn erheben;
Die Sterblichkeit versagte mir ein Bild,
Die Sprache Worte – da verwies ich ihn
Auf *dieses* – meine ganze Leitung war,
Ihm seine Liebe zu erklären.

Königin. Marquis,
Ihr Freund erfüllte Sie so ganz, daß Sie
Mich über ihm vergaßen. Glaubten Sie
Im Ernst mich aller Weiblichkeit entbunden,
Da Sie zu seinem Engel mich gemacht,
Zu seinen Waffen Tugend ihm gegeben?
Das überlegten Sie wohl nicht, wie viel
Für unser Herz zu wagen ist, wenn wir
Mit solchen Namen Leidenschaft veredeln.

Marquis. Für alle Weiber, nur für *eines* nicht.
Auf *eines* schwör' ich – oder sollten Sie,
Sie der Begierden edelster sich schämen,
Der Heldentugend Schöpferin zu sein?
Was geht es König Philipp an, wenn seine
Verklärung in Escurial den Maler,
Der vor ihr steht, mit Ewigkeit entzündet?
Gehört die süße Harmonie, die in
Dem Saitenspiele schlummert, seinem Käufer,
Der es mit taubem Ohr bewacht? Er hat

Das Recht erkauft, in Trümmern es zu schlagen,
Doch nicht die Kunst, dem Silberton zu rufen
Und in des Liedes Wonne zu zerschmelzen.
Die Wahrheit ist vorhanden für den Weisen,
Die Schönheit für ein fühlend Herz. Sie beide
Gehören für einander. Diesen Glauben
Soll mir kein feiges Vorurtheil zerstören.
Versprechen Sie mir, ewig ihn zu lieben,
Von Menschenfurcht, von falschem Heldenmuth
Zu nichtiger Verleugnung nie versucht,
Unwandelbar und ewig ihn zu lieben,
Versprechen Sie mir dieses? – Königin –
Versprechen Sie's in meine Hand?

Königin. Mein Herz,
Versprech' ich Ihnen, soll allein und ewig
Der Richter meiner Liebe sein.

Marquis *(zieht seine Hand zurück).*

Jetzt sterb' ich
Beruhigt – meine Arbeit ist gethan.
(Er neigt sich gegen die Königin und will gehen.)

Königin *(begleitet ihn schweigend mit den Augen).*
Sie gehen, Marquis – ohne mir zu sagen,
Wenn wir – wie bald – uns wiedersehn?

Marquis *(kommt noch einmal zurück, das Gesicht abgewendet).*

Gewiß!
Wie sehn und wieder.

Königin. Ich verstand Sie, Posa –
Verstand Sie recht gut – Warum haben Sie
Mir das gethan?

Marquis. Er oder ich.

Königin. Nein, nein!
Sie stürzten sich in diese That, die Sie
Erhaben nennen. Leugnen Sie nur nicht.

Ich kenne Sie, Sie haben längst darnach
Gedürstet – Mögen tausend Herzen brechen,
Was kümmert Sie's, wenn sich Ihr Stolz nur weidet.
O, jetzt – jetzt lern' ich Sie verstehn! Sie haben
Nur um Bewunderung gebuhlt.

Marquis *(betroffen, für sich).*

Nein! Darauf
War ich nicht vorbereitet –

Königin *(nach einem Stillschweigen).*

Marquis!
Ist keine Rettung möglich?

Marquis. Keine.

Königin. Keine?
Besinnen Sie sich wohl. Ist keine möglich?
Auch nicht durch mich?

Marquis. Auch nicht durch Sie.

Königin. Sie kennen mich
Zur Hälfte nur – ich habe Muth.

Marquis. Ich weiß es.

Königin. Und keine Rettung?

Marquis. Keine.

Königin *(verläßt ihn und verhüllt das Gesicht).*

Gehen Sie!
Ich schätze keinen Mann mehr.

Marquis *(in der heftigsten Bewegung vor ihr niedergeworfen).*

Königin!
– O Gott, das Leben ist doch schön!

(Er springt auf und geht schnell fort. Die Königin in ihr Kabinet.)

Vorzimmer des Königs.

Zweiundzwanzigster Auftritt

Herzog von Alba und Domingo gehen stillschweigend und abgesondert auf und nieder. Graf Lerma kommt aus dem Kabinet des Königs, alsdann Don Raimond von Taxis, der Oberpostmeister.

Lerma. Ob sich der Marquis noch nicht blicken lassen?

Alba. Noch nicht. *(Lerma will wieder hineingehen.)*

Taxis *(tritt auf.)* Graf Lerma, melden Sie mich an.

Lerma. Der König ist für Niemand.

Taxis. Sagen Sie,
Ich *muß* ihn sprechen – Seiner Majestät
Ist äußerst dran gelegen. Eilen Sie.
Es leidet keinen Aufschub. *(Lerma geht ins Kabinet.)*

Alba *(tritt zum Oberpostmeister).* Lieber Taxis,
Gewöhnen Sie sich zur Geduld. Sie sprechen
Den König nicht –

Taxis. Nicht? Und warum?

Alba. Sie hätten
Die Vorsicht denn gebraucht, sich die Erlaubniß
Beim Chevalier von Posa auszuwirken,
Der Sohn und Vater zu Gefangnen macht.

Taxis. Von Posa? Wie? Ganz recht! Das ist Derselbe,
Aus dessen Hand ich diesen Brief empfangen –

Alba. Brief? welchen Brief?

Taxis. Den ich nach Brüssel habe
Befördern sollen –

Alba *(aufmerksam).* Brüssel?

Taxis. Den ich eben
Dem König bringe –

Alba. Brüssel! Haben Sie
Gehört, Kaplan? Nach Brüssel!

Domingo *(tritt dazu).*

Das ist sehr
Verdächtig.

Taxis. Und wie ängstlich, wie verlegen
Er mir empfohlen worden!

Domingo. Aengstlich? So!

Alba. An wen ist denn die Aufschrift?

Taxis. An den Prinzen
Von Nassau und Oranien.

Alba. An Wilhelm? –
Kaplan, das ist Verrätherei.

Domingo. Was könnt'
Es anders sein? – Ja freilich, diesen Brief
Muß man sogleich dem König überliefern.
Welch ein Verdienst von Ihnen, würd'ger Mann,
So streng zu sein in Ihres Königs Dienst!

Taxis. Hochwürd'ger Herr, ich that nur meine Pflicht.

Alba. Sie thaten wohl.

Lerma *(kommt aus dem Kabinet. Zum Oberpostmeister).*

Der König will Sie sprechen.
(Taxis geht hinein.)
Der Marquis immer noch nicht da?

Domingo. Man sucht
Ihn aller Orten.

Alba. Sonderbar und seltsam.
Der Prinz ein Staatsgefangner, und der König
Noch selber ungewiß, warum?

Domingo. Er war
Nicht einmal hier, ihm Rechenschaft zu geben?

Alba. Wie nahm es denn der König auf?

Lerma. Der König
Sprach noch kein Wort. *(Geräusch aus dem Kabinet.)*

Alba. Was war das? Still!

Taxis *(aus dem Kabinet).* Graf Lerma!
(Beide hinein.)

Alba *(zu Domingo).*
Was geht hier vor?

Domingo. Mit diesem Ton des Schreckens?
Wenn dieser aufgefangne Brief? – Mir ahnet
Nichts Gutes, Herzog.

Alba. Lerma läßt er rufen!
Und wissen muß er doch, daß Sie und ich
Im Vorsaal –

Domingo. Unsre Zeiten sind vorbei.

Alba. Bin ich Derselbe denn nicht mehr, dem hier
Sonst alle Thüren sprangen? Wie ist Alles
Verwandelt um mich her – wie fremd –

Domingo *(hat sich leise der Kabinetsthüre genähert und bleibt lauschend davor stehen).* Horch!

Alba *(nach einer Pause).* Alles
Ist todtenstill. Man hört sie Athem holen.

Domingo. Die doppelte Tapete dämpft den Schall.

Alba. Hinweg! Man kommt!

Domingo *(verläßt die Thüre).* Mir ist so feierlich,
So bang, als sollte dieser Augenblick
Ein großes Loos entscheiden.

Dreiundzwanzigster Auftritt

Der Prinz von Parma, die Herzoge von Feria und Medina Sidonia mit noch einigen andern Granden treten auf. Die Vorigen.

Parma. Ist der König
Zu sprechen?

Alba. Nein.

Parma. Nein? Wer ist bei ihm?

Feria. Marquis
Von Posa ohne Zweifel?

Alba. Den erwartet man
So eben.

Parma. Diesen Augenblick
Sind wir von Saragossa eingetroffen.
Der Schrecken geht durch ganz Madrid – Ist es
Denn wahr?

Domingo. Ja, leider!

Feria. Es ist wahr? er ist
Durch den Maltheser in Verhaft genommen?

Alba. So ist's.

Parma. Warum? Was ist geschehn?

Alba. Warum?
Das weiß kein Mensch, als Seine Majestät
Und Marquis Posa.

Parma. Ohne Zuziehung
Der Cortes seines Königreichs?

Feria. Weh Dem,
Der Theil gehabt an dieser Staatsverletzung.

Alba. Weh' ihm! so ruf' ich auch.

Medina Sidonia. Ich auch.

Die übrigen Granden. Wir alle.

Alba. Wer folgt mir in das Kabinet? – Ich werfe
Mich zu des Königs Füßen.

Lerma *(stürzt aus dem Kabinet).* Herzog Alba!

Domingo. Endlich,
Gelobt sei Gott! *(Alba eilt hinein.)*

Lerma *(athemlos, in großer Bewegung).*

Wenn der Maltheser kommt,
Der Herr ist jetzo nicht allein, er wird
Ihn rufen lassen –

Domingo *(zu Lerma, indem sich alle Uebrigen voll neugieriger Erwartung um ihn versammeln).*
Graf, was ist geschehen?
Sie sind ja blaß wie eine Leiche.

Lerma *(will forteilen).* Das
Ist teufelisch!

Parma und **Feria.** Was denn? Was denn?

Medina Sidonia. Was macht
Der König?

Domingo *(zugleich).* Teufelisch? Was denn?

Lerma. Der König hat
Geweint.

Domingo. Geweint?

Alle *(zugleich, mit betretnem Erstaunen).* Der König hat geweint?
(Man hört eine Glocke im Kabinet. Graf Lerma eilt hinein.)

Domingo *(ihm nach, will ihn zurückhalten).*
Graf, noch ein Wort – Verziehen Sie – Weg ist er!
Da stehn wir angefesselt von Entsetzen.

Vierundzwanzigster Auftritt

Prinzessin von Eboli. Feria. Medina Sidonia. Parma. Domingo und alle übrige Granden.

Eboli *(eilig, außer sich).*
Wo ist der König? wo? Ich muß ihn sprechen. *(Zu Feria.)*
Sie, Herzog, führen mich zu ihm.

Feria. Der König
Hat wichtige Verhinderung. Kein Mensch
Wird vorgelassen.

Eboli. Unterzeichnet er
Das fürchterliche Urtheil schon? Er ist
Belogen. Ich beweis' es ihm, daß er
Belogen ist.

Domingo *(gibt ihr von ferne einen bedeutenden Wink).*
Prinzessin Eboli!

Eboli *(geht auf ihn zu).*
Sie auch da, Priester? Recht! Sie brauch' ich eben.
Sie sollen mir's bekräftigen.
(Sie ergreift seine Hand und will ihn ins Kabinet mit fortreißen.)

Domingo. Ich? – Sind
Sie bei sich, Fürstin?

Feria. Bleiben Sie zurück.
Der König hört Sie jetzt nicht an.

Eboli. Er muß
Mich hören. Wahrheit muß er hören – Wahrheit!
Und wär' er zehenmal ein Gott!

Domingo. Weg, weg!
Sie wagen Alles. Bleiben Sie zurück.

Eboli. Mensch, zittre du vor deines Götzen Zorn.
Ich habe nichts zu wagen.
(Wie sie ins Kabinet will, stürzt heraus)

Herzog Alba. *(Seine Augen funkeln, Triumph ist in seinem Gang. Er eilt auf Domingo zu und umarmt ihn.)*
Lassen Sie
In allen Kirchen ein Te Deum tönen.
Der Sieg ist unser.

Domingo. Unser?

Alba *(zu Domingo und den übrigen Granden).* Jetzt hinein
Zum Herrn. Sie sollen weiter von mir hören.

Fünfter Akt

Ein Zimmer im königlichen Palast, durch eine eiserne Gitterthüre von einem großen Vorhof abgesondert, in welchem Wachen auf und nieder gehen.

Erster Auftritt

***Carlos**, an einem Tische sitzend, den Kopf vorwärts auf die Arme gelegt, als wenn er schlummerte. Im Hintergrunde des Zimmers einige Officiere, die mit ihm eingeschlossen sind. **Marquis von Posa** tritt herein, ohne von ihm bemerkt zu werden, und spricht leise mit den Officieren, welche sich sogleich entfernen. Er selbst tritt ganz nahe vor Carlos und betrachtet ihn einige Augenblicke schweigend und traurig. Endlich macht er eine Bewegung, welche diesen aus seiner Betäubung erweckt.*

Carlos *(steht auf, wird den Marquis gewahr und fährt erschrocken zusammen. Dann sieht er ihn eine Weile mit großen starren Augen an und streicht mit der Hand über die Stirne, als ob er sich auf etwas besinnen wollte).*

Marquis. Ich bin es, Carl.

Carlos *(gibt ihm die Hand).* Du kommst sogar noch zu mir?
Das ist doch schön von dir.

Marquis. Ich bildete
Mir ein, du könntest deinen Freund hier brauchen.

Carlos. Wahrhaftig? Meintest du das wirklich? Sieh!
Das freut mich – freut mich unbeschreiblich. Ach!
Ich wußt' es wohl, daß du mir gut geblieben.

Marquis. Ich hab' es auch um dich verdient.

Carlos. Nicht wahr?
O, wir verstehen uns noch ganz. So hab'
Ich's gerne. Diese Schonung, diese Milde
Steht großen Seelen an, wie du und ich.
Laß sein, daß meiner Forderungen eine
Unbillig und vermessen war, mußt du
Mir darum auch die billigen versagen?
Hart kann die Tugend sein, doch grausam nie,
Unmenschlich nie – Es hat dir viel gekostet!
O ja, mir däucht, ich weiß recht gut, wie sehr
Geblutet hat dein sanftes Herz, als du
Dein Opfer schmücktest zum Altare.

Marquis. Carlos!
Wie meinst du das?

Carlos. Du selbst wirst jetzt vollenden,
Was ich gesollt und nicht gekonnt – *Du* wirst
Den Spaniern die goldnen Tage schenken,
Die sie von mir umsonst gehofft. Mit mir
Ist es ja aus – auf immer aus. Das hast
Du eingesehn – O, diese fürchterliche Liebe
Hat alle frühen Blüthen meines Geistes
Unwiederbringlich hingerafft. Ich bin
Für deine großen Hoffnungen gestorben.
Vorsehung oder Zufall führen dir
Den König zu – es kostet mein Geheimniß,
Und er ist dein – du kannst sein Engel werden.
Für mich ist keine Rettung mehr – vielleicht
Für Spanien – Ach, hier ist nichts verdammlich,
Nichts, nichts, als meine rasende Verblendung,
Bis diesen Tag nicht eingesehn zu haben,
Daß du – so groß als zärtlich bist.

Marquis. Nein! Das,
Das hab' ich nicht vorhergesehen – nicht
Vorhergesehn, daß eines Freundes Großmuth
Erfinderischer könnte sein, als meine
Weltkluge Sorgfalt. Mein Gebäude stürzt
Zusammen – ich vergaß dein Herz.

Carlos. Zwar, wenn dir's möglich wär' gewesen, *ihr*
Dies Schicksal zu ersparen – sieh, das hätte
Ich unaussprechlich dir gedankt. Konnt' ich
Denn nicht allein es tragen? Mußte sie
Das zweite Opfer sein? – Doch still davon!
Ich will mit keinem Vorwurf dich beladen.
Was geht die Königin *Dich* an? Liebst *du*
Die Königin? Soll deine strenge Tugend
Die kleinen Sorgen meiner Liebe fragen?
Verzeih mir – ich war ungerecht.

Marquis. Du bist's.
Doch – dieses Vorwurfs nicht. Verdient
Ich *einen*, dann verdient' ich alle – und
Dann würd' ich *so* nicht vor dir stehen.
(Er nimmt sein Portefeuille heraus.)
Hier
Sind von den Briefen ein'ge wieder, die
Du in Verwahrung mir gegeben. Nimm
Sie zu dir.

Carlos *(sieht mit Verwunderung bald die Briefe, bald den Marquis an).*
Wie?

Marquis. Ich gebe sie dir wieder,
Weil sie in deinen Händen sichrer jetzt
Sein dürften, als in meinen.

Carlos. Was ist das?
Der König las sie also nicht? bekam
Sie gar nicht zu Gesichte?

Marquis. *Diese* Briefe?

Carlos. Du zeigtest ihm nicht alle?

Marquis. Wer sagt' dir,
Daß ich ihm *einen* zeigte?

Carlos *(äußerst erstaunt).*

Ist es möglich?
Graf Lerma.

Marquis. Der hat dir gesagt? – Ja, nun
Wird Alles, Alles offenbar! Wer konnte
Das auch voraussehn? – Lerma also? – Nein,
Der Mann hat lügen nie gelernt. Ganz recht,
Die andern Briefe liegen bei dem König.

Carlos *(sieht ihn lange mit sprachlosem Erstaunen an).*
Weßwegen bin ich aber hier?

Marquis. Zur Vorsicht,
Wenn du vielleicht zum zweiten Mal versucht
Sein möchtest, eine Eboli zu deiner
Vertrauten zu erwählen.

Carlos *(wie aus einem Traum erwacht).* Ha! Nun endlich!
Jetzt seh' ich – jetzt wird Alles Licht –

Marquis *(geht nach der Thüre).* Wer kommt?

Zweiter Auftritt

Herzog Alba. Die Vorigen.

Alba *(nähert sich ehrerbietig dem Prinzen, dem Marquis durch diesen ganzen Auftritt den Rücken zuwendend).*
Prinz, Sie sind frei. Der König schickt mich ab,
Es Ihnen anzukündigen.
(Carlos sieht den Marquis verwundernd an. Alle schweigen still.)
Zugleich
Schätz' ich mich glücklich, Prinz, der Erste sein
Zu dürfen, der die Gnade hat –

Carlos *(bemerkt beide mit äußerster Verwunderung. Nach einer Pause zum Herzog).*
Ich werde
Gefangen eingesetzt und frei erklärt,
Und ohne mir bewußt zu sein, warum
Ich Beides werde?

Alba. Aus Versehen, Prinz,
So viel ich weiß, zu welchem irgend ein
– Betrüger den Monarchen hingerissen.

Carlos. Doch aber ist es auf Befehl des Königs,
Daß ich mich hier befinde?

Alba. Ja, durch ein
Versehen Seiner Majestät.

Carlos. Das thut
Mir wirklich leid – Doch, wenn der König sich
Versieht, kommt es dem König zu, in eigner
Person den Fehler wieder zu verbessern.
(Er sucht die Augen des Marquis und beobachtet eine stolze Herabsetzung gegen den Herzog.)
Man nennt mich hier Don Philipps Sohn. Die Augen
Der Lästerung und Neugier ruhn auf mir.
Was Seine Majestät aus Pflicht gethan,
Will ich nicht scheinen ihrer Huld zu danken.
Sonst bin ich auch bereit, vor dem Gerichte
Der Cortes mich zu stellen – meinen Degen
Nehm' ich aus solcher Hand nicht an.

Alba. Der König
Wird keinen Anstand nehmen, Eurer Hoheit
Dies billige Verlangen zu gewähren,
Wenn Sie vergönnen wollen, daß ich Sie
Zu ihm begleiten darf –

Carlos. Ich bleibe hier,
Bis mich der König oder sein Madrid

Aus diesem Kerker führen. Bringen Sie
Ihm diese Antwort.

(Alba entfernt sich. Man sieht ihn noch eine Zeit lang im Vorhofe verweilen und Befehle austheilen.)

Dritter Auftritt

Carlos und Marquis von Posa.

Carlos *(nachdem der Herzog hinaus ist, voll Erwartung und Erstaunen zum Marquis).*
Was ist aber das?
Erkläre mir's. Bist du denn nicht Minister?

Marquis. Ich bin's gewesen, wie du siehst.
(Auf ihn zugehend, mit großer Bewegung.)
O Carl,
Es hat gewirkt. Es hat. Es ist gelungen.
Jetzt ist's gethan. Gepriesen sei die Allmacht,
Die es gelingen ließ!

Carlos. Gelingen? Was?
Ich fasse deine Worte nicht.

Marquis *(ergreift seine Hand).* Du bist
Gerettet, Carl – bist frei – und ich – *(Er hält inne.)*

Carlos. Und du?

Marquis. Und ich – ich drücke dich an meine Brust
Zum ersten Mal mit vollem, ganzem Rechte;
Ich hab' es ja mit Allem, Allem, was
Mir theuer ist, erkauft – O Carl, wie süß,
Wie groß ist dieser Augenblick! Ich bin
Mit mir zufrieden.

Carlos. Welche plötzliche
Veränderung in deinen Zügen? So
Hab' ich dich nie gesehen. Stolzer hebt
Sich deine Brust, und deine Blicke leuchten.

Marquis. Wir müssen Abschied nehmen, Carl. Erschrick nicht.
O, sei ein Mann. Was du auch hören wirst,
Versprich mir, Carl, nicht durch unbänd'gen Schmerz,
Unwürdig großer Seelen, diese Trennung
Mir zu erschweren – du verlierst mich, Carl –
Auf viele Jahre – Thoren nennen es
Auf ewig.

(Carlos zieht seine Hand zurück, sieht ihn starr an und antwortet nichts.)

Sei ein Mann. Ich habe sehr
Auf dich gerechnet, hab' es nicht vermieden,
Die bange Stunde mit dir auszuhalten,
Die man die *letzte* schrecklich nennt – Ja, soll
Ich dir's gestehen, Carl? – ich habe mich
Darauf gefreut – Komm, laß uns niedersitzen –
Ich fühle mich erschöpft und matt.

(Er rückt nahe an Carlos, der noch immer in einer todten Erstarrung ist und sich unwillkürlich von ihm niederziehen läßt.)

Wo bist du?
Du gibst mir keine Antwort? – Ich will kurz sein.
Den Tag nachher, als wir zum letzten Mal
Bei den Karthäusern uns gesehn, ließ mich
Der König zu sich fordern. Den Erfolg
Weißt du, weiß ganz Madrid. Das weiß du nicht,
Daß dein Geheimniß ihm verrathen worden,
Daß Briefe, in der Königin Schatulle
Gefunden, wider dich gezeugt, daß ich
Aus seinem eignen Munde dies erfahren,
Und daß – ich sein Vertrauter war.

(Er hält inne, Carlos' Antwort zu erfahren; dieser verharrt in seinem Stillschweigen.)

Mit meinen Lippen brach ich meine Treue.
Ich selbst regierte das Komplott, das dir
Den Untergang bereitete. Zu laut
Sprach schon die That. Dich frei zu sprechen, war

Zu spät. Mich seiner Rache zu versichern,
War Alles, was mir übrig blieb – und so
Ward ich dein Feind, dir kräftiger zu dienen.
– Du hörst mich nicht?

Carlos. Ich höre. Weiter, weiter!

Marquis. Bis hierher bin ich ohne Schuld. Doch bald
Verrathen mich die ungewohnten Strahlen
Der neuen königlichen Gunst. Der Ruf
Dringt bis zu dir, wie ich vorhergesehn.
Doch ich, von falscher Zärtlichkeit bestochen,
Von stolzem Wahn geblendet, ohne dich
Das Wagestück zu enden, unterschlage
Der Freundschaft mein gefährliches Geheimniß.
Das war die große Uebereilung! Schwer
Hab' ich gefehlt. Ich weiß es. Raserei
Was meine Zuversicht. Verzeih – sie war
Auf deiner Freundschaft Ewigkeit gegründet.

(Hier schweigt er. Carlos geht aus seiner Versteinerung in lebhafte Bewegung über.)

Was ich befürchtete, geschieht. Man läßt
Dich zittern vor erdichteten Gefahren.
Die Königin in ihrem Blut – das Schrecken
Des wiederhallenden Palastes – Lermas
Unglückliche Dienstfertigkeit – zuletzt
Mein unbegreifliches Verstummen, Alles
Bestürmt dein überraschtes Herz – Du wankst –
Gibst mich verloren – Doch, zu edel selbst,
An deines Freundes Redlichkeit zu zweifeln,
Schmückst du mit Größe seinen Abfall aus;
Nun erst wagst du, ihn treulos zu behaupten,
Weil du noch treulos ihn verehren darfst.
Verlassen von dem Einzigen, wirfst du
Der Fürstin Eboli durch in die Arme –
Unglücklicher! in eines Teufels Arme;
Denn diese war's, die dich verrieth. *(Carlos steht auf.)* Ich sehe

Dich dahin eilen. Eine schlimme Ahnung
Fliegt durch mein Herz. Ich folge dir. Zu spät.
Du liegst zu ihren Füßen. Das Geständniß
Floh über deine Lippen schon. Für dich
Ist keine Rettung mehr –

Carlos. Nein, nein! Sie war
Gerührt. Du irrest dich. Gewiß war sie
Gerührt.

Marquis. Da wird es Nacht vor meinen Sinnen.
Nichts – nichts – kein Ausweg – keine Hilfe – keine,
Im ganzen Umkreis der Natur! Verzweiflung
Macht mich zur Furie, zum Thier – ich setze
Den Dolch auf eines Weibes Brust – Doch jetzt –
Jetzt fällt ein Sonnenstrahl in meine Seele.
„Wenn ich den König irrte? Wenn es mir
Gelänge, selbst der Schuldige zu scheinen?
Wahrscheinlich oder nicht! – Für ihn genug,
Scheinbar genug für König Philipp, weil
Es übel ist. Es sei! ich will es wagen.
Vielleicht ein Donner, der so unverhofft
Ihn trifft, macht den Tyrannen stutzen – und
Was will ich mehr? Er überlegt, und Carl
Hat Zeit gewonnen, nach Brabant zu flüchten.“

Carlos. Und das – das hättest du gethan?

Marquis. Ich schreibe
An Wilhelm von Oranien, daß ich
Die Königin geliebt, daß mir's gelungen,
In dem Verdacht, der fälschlich dich gedrückt,
Des Königs Argwohn zu entgehn, daß ich
Durch den Monarchen selbst den Weg gefunden,
Der Königin mich frei zu nahn. Ich setze
Hinzu, daß ich entdeckt zu sein besorge,
Daß du, von meiner Leidenschaft belehrt,
Zur Fürstin Eboli geeilt, vielleicht
Durch ihre Hand die Königin zu warnen –

Daß ich dich hier gefangen nahm und nun,
Weil Alles doch verloren, Willens sei,
Nach Brüssel mich zu werfen – Diesen Brief –

Carlos *(fällt ihm erschrocken ins Wort).*
Hat du der Post doch nicht vertraut? Du weißt,
Daß alle Briefe nach Brabant und Flandern –

Marquis. Dem König ausgeliefert werden – Wie
Die Sachen stehn, hat Taxis seine Pflicht
Bereits gethan.

Carlos. Gott, so bin ich verloren!

Marquis. Du? warum du?

Carlos. Unglücklicher, und du
Bist mit verloren. Diesen ungeheuern
Betrug kann dir mein Vater nicht vergeben.
Nein! Den vergibt er nimmermehr.

Marquis. Betrug?
Du bist zerstreut. Besinne dich. Wer sagt ihm,
Daß es Betrug gewesen?

Carlos *(sieht ihm starr ins Gesicht).* *Wer*, fragst du?
Ich selbst. *(Er will fort.)*

Marquis. Du rasest. Bleib zurück.

Carlos. Weg, weg!
Um Gottes willen. Halte mich nicht auf.
Indem ich hier verweile, dingt er schon
Die Mörder.

Marquis. Desto edler ist die Zeit.
Wir haben uns noch viel zu sagen.

Carlos. Was?
Eh' er noch Alles –

(Er will wieder fort. Der Marquis nimmt ihn beim Arme und sieht ihn bedeutend an.)

Marquis. Höre, Carlos – War
Ich auch so eilig, so gewissenhaft,
Da *du* für mich geblutet hast – ein Knabe?

Carlos *(bleibt gerührt und voll Bewunderung vor ihm stehen).*
O gute Vorsicht!

Marquis. Rette dich für Flandern!
Das Königreich ist dein Beruf. Für dich
Zu sterben, war der meinige.

Carlos *(geht auf ihn zu und nimmt ihn bei der Hand, voll der innigsten Empfindung).*
Nein, nein!
Er wird – er kann nicht wiederstehn! So vieler
Erhabenheit nicht widerstehn! Ich will
Dich zu ihm führen. Arm in Arme wollen
Wir zu ihm gehen. Vater, will ich sagen,
Das hat ein Freund für seinen Freund gethan.
Es wird ihn rühren. Glaube mir, er ist
Nicht ohne Menschlichkeit, mein Vater. Ja!
Gewiß, es wird ihn rühren. Seine Augen werden
Von warmen Thränen übergehn, und dir
Und mir wird er verzeihn –

(Es geschieht ein Schuß durch die Gitterthüre. Carlos springt auf.)

Ha! wem galt das?

Marquis. Ich glaube – mir. *(Er sinkt nieder.)*

Carlos *(fällt mit einem Schrei des Schmerzes neben ihm zu Boden).*
O himmlische
Barmherzigkeit!

Marquis *(mit brechender Stimme).* Es ist geschwind – der König –
Ich hoffte – länger – Denk' auf deine Rettung –
Hörst du? – auf deine Rettung – deine Mutter
Weiß Alles – ich kann nicht mehr –

(Carlos bleibt wie todt bei dem Leichnam liegen. Nach einiger Zeit tritt der König herein, von vielen Granden begleitet, und fährt bei diesem Anblick betreten

zurück. Eine allgemeine und tiefe Pause. Die Granden stellen sich in einen halben Kreis um diese Beiden und sehen wechselsweise auf den König und seinen Sohn. Dieser liegt noch ohne alle Zeichen des Lebens. – Der König betrachtet ihn mit nachdenklicher Stille.)

Vierter Auftritt

***Der König. Carlos. Die Herzoge von Alba, Feria** und **Medina Sidonia. Der Prinz von Parma. Graf Lerma. Domingo** und viele Granden.*

König *(mit gütigem Tone).* Deine Bitte
Hat Statt gefunden, mein Infant. Hier bin ich,
Ich selbst mit allen Großen meines Reichs,
Dir Freiheit anzukündigen.

(Carlos blickt auf und sieht um sich her, wie einer, der aus dem Traum erwacht. Seine Augen heften sich bald auf den König, bald auf den Todten. Er antwortet nicht.)

Empfange
Dein Schwert zurück. Man hat zu rasch verfahren.
(Er nähert sich ihm, reicht ihm die Hand und hilft ihm sich aufzurichten.)
Mein Sohn ist nicht an seinem Platz. Steh auf.
Komm in die Arme deines Vaters.

Carlos *(empfängt ohne Bewußtsein die Arme des Königs – besinnt sich aber plötzlich, hält inne und sieht ihn genauer an).*
Dein
Geruch ist Mord. Ich kann dich nicht umarmen.
(Er stößt ihn zurück, alle Granden kommen in Bewegung.)
Nein! Steht nicht so betroffen da! Was hab'
Ich Ungeheures denn gethan? Des Himmels
Gesalbten angetastet? Fürchtet nichts.
Ich lege keine Hand an ihn. Seht ihr
Das Brandmal nicht an seiner Stirne? Gott
Hat ihn gezeichnet.

König *(bricht schnell auf).* Folgt mir, meine Granden.

Carlos. Wohin? Nicht von der Stelle, Sire –

(Er hält ihn gewaltsam mit beiden Händen und bekommt mit der einen das Schwert zu fassen, das der König mitgebracht hat. Es fährt aus der Scheide.)

König. Das Schwert
Gezückt auf deinen Vater?

Alle anwesenden Granden *(ziehen die ihrigen).* Königsmord!

Carlos *(den König fest an der einen Hand, das bloße Schwert in der andern).*
Steckt eure Schwerter ein. Was wollt ihr? Glaubt
Ihr, ich sei rasend? Nein, ich bin nicht rasend.
Wär' ich's, so thatet *ihr* nicht gut, mich zu
Erinnern, daß auf meines Schwertes Spitze
Sein Leben schwebt. Ich bitte, haltet euch
Entfernt. Verfassungen, wie meine, wollen
Geschmeichelt sein – drum bleibt zurück. Was ich
Mit diesem König abzumachen habe,
Geht euern Leheneid nichts an. Seht nur,
Wie seine Finger bluten! Seht ihn recht an!
Seht ihr? O seht auch hieher – *Das* hat Er
Gethan, der große Künstler!

König *(zu den Granden, welche sich besorgt um ihn herumdrängen wollen).*
Tretet Alle
Zurück. Wovor erzittert ihr? – Sind wir
Nicht Sohn und Vater? Ich will doch erwarten,
Zu welcher Schandthat die Natur –

Carlos. Natur?
Ich weiß von keiner. Mord ist jetzt die Losung.
Der Menschheit Bande sind entzwei. Du selbst
Hast sie zerrissen, Sire, in deinen Reichen.
Soll ich verehren, was du höhnst? – O, seht!
Seht hieher! Es ist noch kein Mord geschehen,
Als heute – Gibt es keinen Gott? Was? Dürfen
In seiner Schöpfung Könige so hausen?
Ich frage, gibt es keinen Gott? So lange Mütter
Geboren haben, ist nur *Einer* – *Einer*
So unverdient gestorben – Weißt du auch,

Was du gethan hast? – Nein, er weiß es nicht,
Weiß nicht, daß er ein Leben hat gestohlen
Aus dieser Welt, das wichtiger und edler
Und theurer war, als er mit seinem ganzen
Jahrhundert.

König *(mit gelindem Tone).* Wenn ich allzu rasch gewesen,
Geziemt es dir, *für* den ich es gewesen,
Mich zur Verantwortung zu ziehen?

Carlos. Wie?
Ist's möglich? Sie errathen nicht, wer mir
Der Todte war – O, sagt es ihm – helft seiner
Allwissenheit das schwere Räthsel lösen.
Der Todte war mein Freund – Und wollt ihr wissen,
Warum er starb? Für mich ist er gestorben.

König. Ha, meine Ahnung!

Carlos. Blutender, vergib,
Daß ich vor solchen Ohren es entweihe!
Doch dieser große Menschenkenner sinke
Vor Scham dahin, daß seine graue Weisheit
Der Scharfsinn eines Jünglings überlistet.
Ja, Sire, wir waren Brüder! Brüder durch
Ein edler Band, als die Natur es schmiedet.
Sein schöner Lebenslauf war Liebe. Liebe
Für mich sein großer, schöner Tod. *Mein* war er,
Als *Sie* mit seiner Achtung groß gethan,
Als seine scherzende Beredsamkeit
Mit Ihrem stolzen Riesengeiste spielte.
Ihn zu beherrschen wähnten Sie – und waren
Ein folgsam Werkzeug seiner höhern Plane.
Daß ich gefangen bin, war seiner Freundschaft
Durchdachtes Werk. Mich zu erretten, schrieb
Er an Oranien den Brief – O Gott,
Er war die erste Lüge seiner Lebens!
Mich zu erretten, warf er sich dem Tod,
Den er erlitt, entgegen. Sie beschenkten ihn

Mit Ihrer Gunst – er starb für mich. Ihr Herz
Und Ihre Freundschaft drangen Sie ihm auf,
Ihr Scepter war das Spielwerk seiner Hände,
Er warf es hin und starb für mich!

(Der König steht ohne Bewegung, den Blick starr auf den Boden geheftet. Alle Granden sehen betreten und furchtsam auf ihn.)

Und war
Es möglich? Dieser groben Lüge konnten
Sie Glauben schenken? Wie gering mußt' er
Sie schätzen, da er's unternahm, bei Ihnen
Mit diesem plumpen Gaukelspiel zu reichen!
Um seine Freundschaft wagten Sie zu buhlen
Und unterlagen dieser leichten Probe!
O, nein – nein, das war nichts für Sie. Das war
Kein Mensch für Sie! Das wußt' er selbst recht gut,
Als er mit allen Kronen Sie verstoßen.
Dies feine Saitenspiel zerbrach in Ihrer
Metallnen Hand. Sie konnten nichts, als ihn ermorden.

Alba *(hat den König bis jetzt nicht aus den Augen gelassen und mit sichtbarer Unruhe die Bewegungen beobachtet, welche in seinem Gesichte arbeiten. Jetzt nähert er sich ihm furchtsam).*
Sire – nicht diese Todtenstille. Sehen
Sie um sich! Reden Sie mit uns!

Carlos. Sie waren
Ihm nicht gleichgültig. Seinen Antheil hatten
Sie längst. Vielleicht! Er hätte Sie noch glücklich
Gemacht. Sein Herz war reich genug, Sie selbst
Von seinem Ueberflusse zu vergnügen.
Die Splitter seines Geistes hätten Sie
Zum Gott gemacht. Sich selber haben Sie
Bestohlen – Was werden
Sie bieten, eine Seele zu erstatten,
Wie diese war?

(Ein tiefes Schweigen. Viele von den Granden sehen weg oder verhüllen das Gesicht in ihren Mänteln.)

O, die ihr hier versammelt steht und vor Entsetzen
Und vor Bewunderung verstummt – verdammet
Den Jüngling nicht, der diese Sprache gegen
Den Vater und den König führt – Seht hieher!
Für mich ist er gestorben! Habt ihr Thränen?
Fließt Blut, nicht glühend Erz, in euren Adern?
Seht hieher und verdammt mich nicht!

(Er wendet sich zum König mit mehr Fassung und Gelassenheit.)

Vielleicht
Erwarten Sie, wie diese unnatürliche Geschichte
Sich enden wird? – Hier ist mein Schwert. Sie sind
Mein König wieder. Denken Sie, daß ich
Vor Ihrer Rache zittre? Morden Sie
Mich auch, wie Sie den Edelsten gemordet.
Mein Leben ist verwirkt. Ich weiß. Was ist
Mir jetzt das Leben? Hier entsag' ich Allem,
Was mich auf dieser Welt erwartet. Suchen
Sie unter Fremdlingen sich einen Sohn –
Da liegen meine Reiche –

(Er sinkt an dem Leichnam nieder und nimmt an dem Folgenden keinen Antheil mehr. Man hört unterdessen von ferne ein verworrenes Getöse von Stimmen und ein Gedränge vieler Menschen. Um den König herum ist eine tiefe Stille. Seine Augen durchlaufen den ganzen Kreis, aber Niemand begegnet seinen Blicken.)

König. Nun? Will Niemand
Antworten? – Jeder Blick am Boden – jedes
Gesicht verhüllt! – Mein Urtheil ist gesprochen.
In diesen stummen Mienen les' ich es
Verkündigt. Meine Unterthanen haben mich
Gerichtet.

(Das vorige Stillschweigen. – Der Tumult kommt näher und wird lauter. Durch die umstehenden Granden läuft ein Gemurmel, sie geben sich untereinander verlegene Winke; Graf Lerma stößt endlich leise den Herzog von Alba an.)

Lerma. Wahrlich, das ist Sturm!

Alba *(leise).* So fürcht' ich.

Lerma. Man dringt herauf. Man kommt.

Fünfter Auftritt

Ein Officier von der Leibwache. Die Vorigen.

Officier *(dringend).* Rebellion!
Wo ist der König?
(Er arbeitet sich durch die Menge und dringt bis zum König.)
Ganz Madrid in Waffen!
Zu Tausenden umringt der wüthende
Soldat, der Pöbel den Palast. Prinz Carlos,
Verbreitet man, sei in Verhaft genommen,
Sein Leben in Gefahr. Das Volk will ihn
Lebendig sehen, oder ganz Madrid
In Flammen aufgehn lassen.

Alle Granden *(in Bewegung).* Rettet! rettet
Den König!

Alba *(zum König, der ruhig und unbeweglich steht).*
Flüchten Sie sich, Sire – Es hat
Gefahr – Noch wissen wir nicht, wer
Den Pöbel waffnet –

König *(erwacht aus seiner Betäubung, richtet sich auf und tritt mit Majestät unter sie).*
Steht mein Thron noch?
Bin ich noch König dieses Landes? – Nein,
Ich bin es nicht mehr. Diese Memmen weinen,
Von einem Knaben weich gemacht. Man wartet
Nur auf die Losung, von mir abzufallen.
Ich bin verrathen von Rebellen.

Alba. Sire,
Welch fürchterliche Phantasie!

König. Dorthin!
Dort werft euch nieder! vor dem blühenden,
Dem jungen König werft euch nieder! – Ich
Bin nichts mehr – ein ohnmächt'ger Greis!

Alba. Dahin
Ist es gekommen! – Spanier!

(Alle drängen sich um den König herum und knieen mit gezogenen Schwertern vor ihm nieder. Carlos bleibt allein und von allen verlassen bei dem Leichnam.)

König *(reißt seinen Mantel ab und wirft ihn von sich).* Bekleidet
Ihn mit dem königlichen Schmuck – Auf meiner
Zertretnen Leiche tragt ihn –
(Er bleibt ohnmächtig in Albas und Lermas Armen.)

Lerma. Hilfe! Gott!

Feria. Gott, welcher Zufall!

Lerma. Er ist von sich –

Alba *(läßt den König in Lermas und Ferias Händen).* Bringen
Sie ihn zu Bette. Unterdessen geb' ich
Madrid den Frieden.

(Er geht ab. Der König wird weggetragen, und alle Granden begleiten ihn.)

Sechster Auftritt

Carlos bleibt allein bei dem Leichnam zurück. Nach einigen Augenblicken erscheint Ludwig Mercado, sieht sich schüchtern um und steht eine Zeit lang stillschweigend hinter dem Prinzen, der ihn nicht bemerkt.

Mercado. Ich komme
Von Ihrer Majestät der Königin.
(Carlos sieht wieder weg und gibt ihm keine Antwort.)
Mein Name ist Mercado – Ich bin Leibarzt
Bei Ihrer Majestät – und hier ist meine
Beglaubigung.

(Er zeigt dem Prinzen einen Siegelring. – Dieser verharrt in seinem Stillschweigen.)

Die Königin wünscht sehr,
Sie heute noch zu sprechen – wichtige
Geschäfte –

Carlos. Wichtig ist mir nichts mehr
Auf dieser Welt.

Mercado. Ein Auftrag, sagte sie,
Den Marquis Posa hinterlassen –

Carlos *(steht schnell auf).* Was?
Sogleich. *(Er will mit ihm gehen.)*

Mercado. Nein, jetzt nicht, gnäd'ger Prinz. Sie müssen
Die Nacht erwarten. Jeder Zugang ist
Besetzt und alle Wachen dort verdoppelt.
Unmöglich ist es, diese Flügel des
Palastes ungesehen zu betreten.
Sie würden Alles wagen –

Carlos. Aber –

Mercado. Nur
Ein Mittel, Prinz, ist höchstens noch vorhanden –
Die Königin hat es erdacht. Sie legt
Es Ihnen vor – Doch es ist kühn und seltsam
Und abenteuerlich.

Carlos. Das ist?

Mercado. Schon längst
Geht eine Sage, wie Sie wissen, daß
Um Mitternacht in den gewölbten Gängen
Der königlichen Burg, in Mönchsgestalt,
Der abgeschiedne Geist des Kaisers wandle.
Der Pöbel glaubt an dies Gerücht, die Wachen
Beziehen nur mit Schauer diesen Posten.
Wenn Sie entschlossen sind, sich dieser
Verkleidung zu bedienen, können Sie
Durch alle Wachen frei und unversehrt
Bis zum Gemach der Königin gelangen,

Das dieser Schlüssel öffnen wird. Vor jedem Angriff
Schützt Sie die heilige Gestalt. Doch auf
Der Stelle, Prinz, muß Ihr Entschluß gefaßt sein.
Das nöth'ge Kleid, die Maske finden Sie
In Ihrem Zimmer. Ich muß eilen, Ihrer Majestät
Antwort zu bringen.

Carlos. Und die Zeit?

Mercado. Die Zeit
Ist zwölf Uhr.

Carlos. Sagen Sie ihr, daß sie mich
Erwarten könne. *(Mercado geht ab.)*

Siebenter Auftritt

Carlos. Graf Lerma.

Lerma. Retten Sie sich, Prinz.
Der König wüthet gegen Sie. Ein Anschlag
Auf Ihre Freiheit – wo nicht auf Ihr Leben.
Befragen Sie mich weiter nicht. Ich habe
Mich weggestohlen, Sie zu warnen. Fliehen
Sie ohne Aufschub.

Carlos. Ich bin in den Händen
Der Allmacht.

Lerma. Wie die Königin mich eben
Hat merken lassen, sollen Sie noch heute
Madrid verlassen und nach Brüssel flüchten.
Verschieben Sie es nicht, ja nicht! Der Aufruhr
Begünstigt Ihre Flucht. In dieser Absicht
Hat ihn die Königin veranlaßt. Jetzt
Wird man sich nicht erkühnen, gegen Sie
Gewalt zu brauchen. Im Karthäuserkloster
Erwartet Sie die Post, und hier sind Waffen,
Wenn Sie gezwungen sollten sein – *(Er gibt ihm einen Dolch und Terzerolen.)*

Carlos. Dank, Dank,
Graf Lerma!

Lerma. Ihre heutige Geschichte
Hat mich im Innersten gerührt. So liebt
Kein Freund mehr! Alle Patrioten weinen
Um Sie. Mehr darf ich jetzt nicht sagen.

Carlos. Graf Lerma! Dieser Abgeschiedne nannte
Sie einen edlen Mann.

Lerma. Noch einmal, Prinz!
Reisen Sie glücklich. Schönre Zeiten werden kommen;
Dann aber werd' ich nicht mehr sein. Empfangen
Sie meine Huldigung schon hier.
(Er läßt sich auf ein Knie vor ihm nieder.)

Carlos *(will ihn zurückhalten. Sehr bewegt).* Nicht also –
Nicht also, Graf – Sie rühren mich – Ich möchte
Nicht gerne weich sein –

Lerma *(küßt seine Hand mit Empfindung).*

König meiner Kinder!
O, meine Kinder werden sterben dürfen
Für Sie. Ich darf es nicht. Erinnern Sie sich meiner
In meinen Kindern – Kehren Sie in Frieden
Nach Spanien zurücke. Seien Sie
Ein Mensch auf König Philipps Thron. Sie haben
Auch Leiden kennen lernen. Unternehmen Sie
Nichts Blut'ges gegen Ihren Vater! Ja
Nichts Blutiges, mein Prinz! Philipp der Zweite
Zwang Ihren Aeltervater, von dem Thron
Zu steigen – Dieser Philipp zittert heute
Vor seinem eignen Sohn! *Daran* gedenken
Sie, Prinz – und so geleite Sie der Himmel!

(Er geht schnell weg. Carlos ist im Begriff, auf einem andern Wege fortzueilen, kehrt aber plötzlich um und wirft sich vor dem Leichnam des Marquis nieder, den er noch einmal in seine Arme schließt. Dann verläßt er schnell das Zimmer.)

Vorzimmer des Königs.

Achter Auftritt

***Herzog von Alba** und **Herzog von Feria** kommen im Gespräch.*

Alba. Die Stadt ist ruhig. Wie verließen Sie
Den König?

Feria. In der fürchterlichsten Laune.
Er hat sich eingeschlossen. Was sich auch
Ereignen würde, keinen Menschen will
Er vor sich lassen. Die Verrätherei
Des Marquis hat auf ein Mal seine ganze
Natur verändert. Wir erkennen ihn
Nicht mehr.

Alba. Ich muß zu ihm. Ich kann ihn diesmal
Nicht schonen. Eine wichtige Entdeckung,
Die eben jetzt gemacht wird –

Feria. Eine neue
Entdeckung?

Alba. Ein Karthäusermönch, der in
Des Prinzen Zimmer heimlich sich gestohlen
Und mit verdächt'ger Wißbegier den Tod
Des Marquis Posa sich erzählen lassen,
Fällt meinen Wachen auf. Man hält ihn an.
Man untersucht. Die Angst des Todes preßt
Ihm ein Geständniß aus, daß er Papiere
Von großem Werthe bei sich trage, die
Ihm der Verstorbne anbefohlen in
Des Prinzen Hand zu übergeben – wenn
Er sich vor Sonnenuntergang nicht mehr
Ihm zeigen würde.

Feria. Nun?

Alba. Die Briefe lauten,
Daß Carlos binnen Mitternacht und Morgen
Madrid verlassen soll.

Feria. Was?

Alba. Daß ein Schiff
In Cadix segelfertig liege, ihn
Nach Vlissingen zu bringen – daß die Staaten
Der Niederlande seiner nur erwarten,
Die span'schen Ketten abzuwerfen.

Feria. Ha!
Was ist das?

Alba. Andre Briefe melden,
Daß eine Flotte Solimans bereits
Von Rhodus ausgelaufen – den Monarchen
Von Spanien, laut des geschloßnen Bundes,
Im mittelländ'schen Meere anzugreifen.

Feria. Ist's möglich?

Alba. Eben diese Briefe lehren
Die Reisen mich verstehn, die der Maltheser
Durch ganz Europa jüngst gethan. Es galt
Nichts Kleineres, als alle nord'schen Mächte
Für der Flamänder Freiheit zu bewaffnen.

Feria. Das war er!

Alba. Diesen Briefen endlich folgt
Ein ausgeführter Plan des ganzen Krieges,
Der von der span'schen Monarchie auf immer
Die Niederlande trennen soll. Nichts, nichts
Ist übersehen, Kraft und Widerstand
Berechnet, alle Quellen, alle Kräfte
Des Landes pünktlich angegeben, alle
Maximen, welche zu befolgen, alle
Bündnisse, die zu schließen. Der Entwurf
Ist teuflisch, aber wahrlich – göttlich.

Feria. Welch undurchdringlicher Verräther!

Alba. Noch
Beruft man sich in diesem Brief auf eine
Geheime Unterredung, die der Prinz
Am Abend seiner Flucht mit seiner Mutter
Zu Stande bringen sollte.

Feria. Wie? Das wäre
Ja heute.

Alba. Diese Mitternacht. Auch hab' ich
Für diesen Fall Befehle schon gegeben.
Sie sehen, daß es dringt. Kein Augenblick
Ist zu verlieren – Oeffnen Sie das Zimmer
Der Königs.

Feria. Nein! Der Eintritt ist verboten.

Alba. So öffn' ich selbst – die wachsende Gefahr
Rechtfertigt diese Kühnheit –

(Wie er gegen die Thür geht, wird sie geöffnet, und der König tritt heraus.)

Feria. Ha, er selbst!

Neunter Auftritt

König zu den Vorigen.

(Alle erschrecken über seinen Anblick, weichen zurück und lassen ihn ehrerbietig mitten durch. Er kommt in einem wachen Traume, wie eines Nachtwandlers. – Sein Anzug und seine Gestalt zeigen noch die Unordnung, worein ihn die gehabte Ohnmacht versetzt hat. Mit langsamen Schritten geht er an den anwesenden Granden vorbei, sieht jeden starr an, ohne einen einzigen wahrzunehmen. Endlich bleibt er gedankenvoll stehen, die Augen zur Erde gesenkt, bis seine Gemüthsbewegung nach und nach laut wird.)

König. Gib diesen Todten mir heraus. Ich muß
Ihn wieder haben.

Domingo *(leise zum Herzog von Alba).* Reden Sie ihn an.

König *(wie oben).*
Er dachte klein von mir und starb. Ich muß
Ihn wieder haben. Er maß anders von
Mir denken.

Alba *(nähert sich mit Furcht).* Sire –

König. Wer redet hier?
(Er sieht lange im ganzen Kreise herum.)
Hat man
Vergessen, wer ich bin? Warum nicht auf
Den Knieen vor mir, Kreatur? Noch bin
Ich König. Unterwerfung will ich sehen.
Setzt Alles mich hintan, weil Einer mich
Verachtet hat?

Alba. Nichts mehr von ihm, mein König!
Ein neuer Feind, bedeutender als dieser,
Steht auf im Herzen Ihres Reichs. –

Feria. Prinz Carlos –

König. Er hatte einen Freund, der in den Tod
Gegangen ist für ihn – für ihn! Mit mir
Hätt' er ein Königreich getheilt! – Wie er
Auf mich herunter sah! So stolz sieht man
Von Thronen nicht herunter. War's nicht sichtbar,
Wie viel er sich mit *der* Erobrung wußte?
Was er verlor, gestand sein Schmerz. So wird
Um nichts Vergängliches geweint – Daß er noch lebte!
Ich gäb' ein Indien dafür. Trostlose Allmacht,
Die nicht einmal in Gräber ihren Arm
Verlängern, eine kleine Uebereilung
Mit Menschenleben nicht verbessern kann!
Die Todten stehen nicht mehr auf. Wer darf
Mir sagen, daß ich glücklich bin? Im Grabe
Wohnt Einer, der mir Achtung vorenthalten.
Was gehn die Lebenden mich an? Ein Geist,
Ein freier Mann stand auf in diesem ganzen

Jahrhundert – Einer – Er verachtet mich
Und stirbt.

Alba. So lebten wir umsonst! – Laßt uns
Zu Grabe gehen, Spanier! Auch noch
Im Tode raubt uns dieser Mensch das Herz
Des Königs!

König *(Er setzt sich nieder, den Kopf auf den Arm gestützt).*
Wär' er *mir* also gestorben!
Ich hab' ihn lieb gehabt, sehr lieb. Er war
Mir theuer, wie ein Sohn. In diesem Jüngling
Ging mir ein neuer, schönrer Morgen auf.
Wer weiß, was ich ihm aufbehalten! Er
War meine erste Liebe. Ganz Europa
Verfluche mich! Europa mag mir fluchen.
Von diesem hab' ich Dank verdient.

Domingo. Durch welche
Bezauberung –

König. Und wem bracht' er dies Opfer?
Dem Knaben, meinem Sohne? Nimmermehr.
Ich glaub' es nicht. Für einen Knaben stirbt
Ein Posa nicht. Der Freundschaft arme Flamme
Füllt eines Posa Herz nicht aus. Das schlug
Der ganzen Menschheit. Seine Neigung war
Die Welt mit allen kommenden Geschlechtern.
Sie zu vergnügen fand er einen Thron –
Und geht vorüber? Diesen Hochverrath
An seiner Menschheit sollte Posa sich
Vergeben? Nein. Ich kenn' ihn besser. Nicht
Den Philipp opfert er dem Carlos, nur
Den alten Mann dem Jüngling, seinem Schüler.
Der Vaters untergehnde Sonne lohnt
Das neue Tagwerk nicht mehr. Das verspart man
Dem nahen Aufgang seines Sohns – O, es ist klar!
Auf meinen Hintritt wird gewartet.

Alba. Lesen Sie
In diesen Briefen die Bekräftigung.

König *(steht auf).* Er könnte sich verrechnet haben. Noch,
Noch bin ich. Habe Dank, Natur! Ich fühle
In meinen Sehnen Jünglingskraft. Ich will
Ihn zum Gelächter machen. Seine Tugend
Sei eines Träumers Hirngespinst gewesen.
Er sei gestorben als ein Thor. Sein Sturz
Erdrücke seinen Freund und sein Jahrhundert!
Laß sehen, wie man mich entbehrt. Die Welt
Ist noch auf einen Abend mein. Ich will
Ihn nützen, diesen Abend, daß nach mir
Kein Pflanzer mehr in zehen Menschenaltern
Auf dieser Brandstatt ernten soll. Er brachte
Der Menschheit, seinem Götzen, mich zum Opfer;
Die Menschheit büße mir für ihn – Und jetzt –
Mit seiner Puppe fang' ich an.
(Zum Herzog von Alba.)
Was war's
Mit dem Infanten? Wiederholt es mir. Was lehren
Mich diese Briefe?

Alba. Diese Briefe, Sire,
Enthalten die Verlassenschaft des Marquis
Von Posa an Prinz Carl.

König *(durchläuft die Papiere, wobei er von allen Umstehenden scharf beobachtet wird. Nachdem er eine Zeit lang gelesen, legt er sie weg und geht stillschweigend durch das Zimmer).*
Man rufe mir
Den Inquisitor Cardinal. Ich lass'
Ihn bitten, eine Stunde mir zu schenken.

(Einer von den Granden geht hinaus. Der König nimmt die Papiere wieder, liest fort und legt sie abermals weg.)

In dieser Nacht also?

Taxis. Schlag zwei Uhr soll
Die Post vor dem Karthäuserkloster halten.

Alba. Und Leute, die ich ausgesendet, sahen
Verschiednes Reis'geräthe, an dem Wappen
Der Krone kenntlich, nach dem Kloster tragen.

Feria. Auch sollen große Summen auf den Namen
Der Königin bei maurischen Agenten
Betrieben worden sein, in Brüssel zu
Erheben.

König. Wo verließ man den Infanten?

Alba. Beim Leichnam des Malthesers.

König. Ist noch Licht im Zimmer?
Der Königin?

Alba. Dort ist Alles still. Auch hat
Sie ihre Kammerfrauen zeitiger,
Als sonsten zu geschehen pflegt, entlassen.
Die Herzogin von Arcos, die zuletzt
Aus ihrem Zimmer ging, verließ sie schon
In tiefem Schlaf.

*(**Ein Officier** von der Leibwache tritt herein, zieht den Herzog von Feria auf die Seite und spricht leise mit ihm. Dieser wendet sich betreten zum Herzog von Alba, Andre drängen sich hinzu, und es entsteht ein Gemurmel.)*

Feria, Taxis, Domingo *(gleichzeitig).* Sonderbar!

König. Was gibt es?

Feria. Eine Nachricht, Sire, die kaum
Zu glauben ist –

Domingo. Zwei Schweizer, die so eben
Von ihrem Posten kommen, melden – es
Ist lächerlich, es nachzusagen.

König. Nun?

Alba. Daß in dem linken Flügel des Palasts
Der Geist des Kaisers sich erblicken lassen
Und mit beherztem, feierlichem Schritt an ihnen
Vorbei gegangen. Eben diese Nachricht
Bekräft'gen alle Wachen, die durch diesen
Pavillon verbreitet stehn, und setzen
Hinzu, daß die Erscheinung in den Zimmern
Der Königin verschwunden.

König. Und in welcher
Gestalt erschien er?

Officier. In dem nämlichen
Gewand, das er zum letzten Mal in Justi
Als Hieronymitermönch getragen.

König. Als Mönch? Und also haben ihn die Wachen
Im Leben noch gekannt? Denn woher wußten
Sie sonst, daß es der Kaiser war?

Officier. Daß es
Der Kaiser müsse sein, bewies das Scepter,
Das er in Händen trug.

Domingo. Auch will man ihn
Schon öfters, wie die Sage geht, in dieser
Gestalt gesehen haben.

König. Angeredet hat
Ihn Niemand?

Officier. Niemand unterstand sich.
Die Wachen sprachen ihr Gebet und ließen
Ihn ehrerbietig mitten durch.

König. Und in den Zimmern
Der Königin verlor sich die Erscheinung?

Officier. Im Vorgemach der Königin.

(Allgemeines Stillschweigen.)

König *(wendet sich schnell um).* Was sagt ihr?

Alba. Sire, wir sind stumm.

König *(nach einigem Besinnen zu dem Officier).*
Laßt meine Garden unter
Die Waffen treten und jedweden Zugang
Zu diesem Flügel sperren. Ich bin lüstern,
Ein Wort mit diesem Geist zu reden.

(Der Officier geht ab. Gleich darauf ein Page.)

Page. Sire!
Der Inquisitor Cardinal.

König *(zu den Anwesenden).* Verlaßt uns.

(Der Cardinal Großinquisitor, ein Greis von neunzig Jahren und blind, auf einen Stab gestützt und von zwei Dominicanern geführt. Wie er durch ihre Reihen geht, werfen sich alle Granden vor ihm nieder und berühren den Saum seines Kleides. Er ertheilt ihnen den Segen. Alle entfernen sich.)

Zehnter Auftritt

*Der **König** und der **Großinquisitor**.*

(Ein langes Stillschweigen.)

Großinquisitor.

Steh'
Ich vor dem König?

König. Ja.

Großinquisitor.

Ich war mir's nicht mehr
Vermuthend.

König. Ich erneure einen Auftritt
Vergangner Jahre. Philipp, der Infant,
Holt Rath bei seinem Lehrer.

Großinquisitor. Rath bedurfte
Mein Zögling Carl, Ihr großer Vater, niemals.

König. Um so viel glücklicher war er. Ich habe
Gemordet, Cardinal, und keine Ruhe –

Großinquisitor. Weßwegen haben Sie gemordet?

König. Ein
Betrug, der ohne Beispiel ist –

Großinquisitor. Ich weiß ihn.

König. Was wisset Ihr? Durch wen? Seit wann?

Großinquisitor. Seit Jahren,
Was *Sie* seit Sonnenuntergang.

König *(mit Befremdung).* Ihr habt
Von diesem Menschen schon gewußt?

Großinquisitor. Sein Leben
Liegt angefangen und beschlossen in
Der Santa Casa heiligen Registern.

König. Und er ging frei herum?

Großinquisitor. Das Seil, an dem
Er flatterte, war lang, doch unzerreißbar.

König. Er war schon außer meines Reiches Grenzen.

Großinquisitor. Wo er sein mochte, war ich auch.

König *(geht unwillig auf und nieder).* Man wußte,
In wessen Hand ich war – Warum versäumte man,
Mich zu erinnern?

Großinquisitor. Diese Frage geb' ich
Zurücke – Warum fragten *Sie* nicht an,
Da Sie in dieses Menschen Arm sich warfen?
Sie kannten ihn! *Ein* Blick entlarvte Ihnen
Den Ketzer. – Was vermochte Sie, dies Opfer
Dem heil'gen Amt zu unterschlagen? Spielt
Man *so* mit uns? Wenn sich die Majestät
Zur Hehlerin erniedrigt – hinter unserm Rücken
Mit unsern schlimmsten Feinden sich versteht,

Was wird mit uns? Darf *Einer* Gnade finden,
Mit welchem Rechte wurden Hunderttausend
Geopfert?

König. Er ist auch geopfert.

Großinquisitor.

Nein,
Er ist ermordet – ruhmlos! freventlich! – Das Blut,
Das unsrer Ehre glorreich fließen sollte,
Hat eines Meuchelmörders Hand verspritzt.
Der Mensch war unser – Was befugte *Sie*,
Des Ordens heil'ge Güter anzutasten?
Durch uns zu sterben, war er da. Ihn schenkte
Der Nothdurft dieses Zeitenlaufes Gott,
In seines Geistes feierlicher Schändung
Die prahlende Vernunft zur Schau zu führen.
Das war mein überlegter Plan. Nun liegt
Sie hingestreckt, die Arbeit vieler Jahre!
Wir sind bestohlen, und Sie haben nichts
Als blut'ge Hände.

König. Leidenschaft riß mich
Dahin. Vergib mir.

Großinquisitor. Leidenschaft? – Antwortet
Mir Philipp, der Infant? Bin ich allein
Zum alten Mann geworden? – Leidenschaft!
(Mit unwilligem Kopfschütteln.)
Gibt die Gewissen frei in deinen Reichen,
Wenn du in deinen Ketten gehst.

König. Ich bin
In diesen Dingen noch ein Neuling. Habe
Geduld mit mir.

Großinquisitor. Nein! Ich bin nicht mit Ihnen
Zufrieden. – Ihren ganzen vorigen
Regentenlauf zu lästern! Wo war damals
Der Philipp, dessen feste Seele, wie

Der Angelstern am Himmel, unverändert
Und ewig um sich selber treibt? War eine ganze
Vergangenheit versunken hinter Ihnen?
War in dem Augenblick die Welt nicht mehr
Die nämliche, da Sie die Hand ihm boten?
Gift nicht mehr Gift? War zwischen Gut und Uebel
Und Wahr und Falsch die Scheidewand gefallen?
Was ist ein Vorsatz, was Beständigkeit,
Was Männertreue, wenn in einer lauen
Minute eine sechzigjähr'ge Regel
Wie eines Weibes Laune schmilzt?

König. Ich sah in seine Augen – Halte mir
Den Rückfall in die Sterblichkeit zu gut.
Die Welt hat einen Zugang weniger
Zu deinem Herzen. Deine Augen sind erloschen.

Großinquisitor. Was sollte Ihnen dieser Mensch? Was konnte
Er Neues Ihnen vorzuzeigen haben,
Worauf Sie nicht bereitet waren? Kennen
Sie Schwärmersinn und Neuerung so wenig?
Der Weltverbeßrer prahlerische Sprache
Klang Ihrem Ohr so ungewohnt? Wenn das
Gebäude Ihrer Ueberzeugung schon
Von Worten fällt – mit welcher Stirne, muß
Ich fragen, schrieben Sie das Bluturtheil
Der hunderttausend schwachen Seelen, die
Den Holzstoß für nichts Schlimmeres bestiegen?

König. Mich lüsterte nach einem Menschen. Diese
Domingo –

Großinquisitor. Wozu Menschen? Menschen sind
Für Sie nur Zahlen, weiter nichts. Muß ich
Die Elemente der Monarchenkunst
Mit meinem grauen Schüler überhören?
Der Erde Gott verlerne zu bedürfen,
Was ihm verweigert werden kann. Wenn *Sie*
Um Mitgefühle wimmern, haben Sie

Der Welt nicht Ihresgleichen zugestanden?
Und welche Rechte, möcht' ich wissen, haben
Sie aufzuweisen über Ihresgleichen?

König *(wirft sich in den Sessel).*
Ich bin ein kleiner Mensch, ich fühl's – Du forderst
Von dem Geschöpf, was nur der Schöpfer leistet.

Großinquisitor. Nein, Sire, mich hintergeht man nicht. Sie sind
Durchschaut – uns wollten Sie entfliehen.
Des Ordens schwere Ketten drückten Sie;
Sie wollten frei und einzig sein.
(Er hält inne. Der König schweigt.)
Wir sind gerochen – Danken Sie der Kirche,
Die sich begnügt, als Mutter Sie zu strafen.
Die Wahl, die man Sie blindlings treffen lassen,
War Ihre Züchtigung. Sie sind belehrt.
Jetzt kehren Sie zu uns zurück – Stünd' ich
Nicht jetzt vor Ihnen – beim lebend'gen Gott! –
Sie wären morgen so vor mir gestanden.

König. Nicht diese Sprache! Mäßige dich, Priester!
Ich duld' es nicht. Ich kann in diesem Ton
Nicht mit mir sprechen hören.

Großinquisitor. Warum rufen Sie
Den Schatten Samuels herauf? Ich gab
Zwei Könige dem span'schen Thron und hoffte,
Ein fest gegründet Werk zu hinterlassen.
Verloren seh' ich meines Lebens Frucht,
Don Philipp selbst erschüttert mein Gebäude.
Und jetzo, Sire – Wozu bin ich gerufen?
Was soll ich hier? – Ich bin nicht Willens, diesen
Besuch zu wiederholen.

König. Eine Arbeit noch,
Die letzte – dann magst du in Frieden scheiden.
Vorbei sei das Vergangne, Friede sei
Geschlossen zwischen uns – Wir sind versöhnt?

Großinquisitor. Wenn Philipp sich in Demuth beugt.

König *(nach einer Pause).* Mein Sohn
Sinnt auf Empörung.

Großinquisitor. Was beschließen Sie?

König. Nichts – oder Alles.

Großinquisitor. Und was heißt hier Alles?

König. Ich lass' ihn fliehen, wenn ich ihn
Nicht sterben lassen kann.

Großinquisitor. Nun, Sire?

König. Kannst du mir einen neuen Glauben gründen,
Der eines Kindes blut'gen Mord vertheidigt?

Großinquisitor. Die ewige Gerechtigkeit zu sühnen,
Starb an dem Holze Gottes Sohn.

König. Du willst
Durch ganz Europa diese Meinung pflanzen?

Großinquisitor. So weit, als man das Kreuz verehrt.

König. Ich frevle
An der Natur – auch diese mächt'ge Stimme
Willst du zum Schweigen bringen?

Großinquisitor. Vor dem Glauben
Gilt keine Stimme der Natur.

König. Ich lege
Mein Richteramt in deine Hände. – Kann
Ich ganz zurücke treten?

Großinquisitor.

Geben Sie
Ihn mir.

König. Es ist mein einz'ger Sohn – Wem hab' ich
Gesammelt?

Großinquisitor. Der Verwesung lieber, als
Der Freiheit.

König *(steht auf).* Wir sind einig. Kommt.

Großinquisitor. Wohin?

König. Aus meiner Hand das Opfer zu empfangen.

(Er führt ihn hinweg.)

Zimmer der Königin.

Letzter Auftritt

***Carlos. Die Königin.** Zuletzt der **König** mit **Gefolge**.*

Carlos *(in einem Mönchsgewand, eine Maske vor dem Gesichte, die er eben jetzt abnimmt, unter dem Arm ein bloßes Schwert. Es ist ganz finster. Er nähert sich einer Thüre, welche geöffnet wird. Die Königin tritt heraus im Nachtkleide, mit einem brennenden Licht. Carlos läßt sich vor ihr auf ein Knie nieder).*
Elisabeth!

Königin *(mit stiller Wehmuth auf seinem Anblick verweilend).*
So sehen wir uns wieder?

Carlos. So sehen wir uns wieder!

(Stillschweigen.)

Königin *(sucht sich zu fassen).* Stehn Sie auf. Wir wollen
Einander nicht erweichen, Carl. Nicht durch
Ohnmächt'ge Thränen will der große Todte
Gefeiert werden. Thränen mögen fließen
Für kleinre Leiden! – Er hat sich geopfert
Für *Sie!* Mit seinem theuern Leben
Hat er das Ihrige erkauft – Und diese Blut
Wär' einem Hirngespinst geflossen? – Carlos!
Ich selber habe gut gesagt für Sie.
Auf meine Bürgschaft schied er freudiger
Von hinnen. Werden Sie zur Lügnerin
Mich machen?

Carlos *(mit Begeisterung).* Einen Leichenstein will ich
Ihm setzen, wie noch keinem Könige
Geworden – Ueber seiner Asche blühe
Ein Paradies!

Königin. So hab' ich Sie gewollt!
Das war die große Meinung seines Todes!
Mich wählte er zu seines letzten Willens
Vollstreckerin. Ich mahne Sie. Ich werde
Auf die Erfüllung dieses Eides halten.
– Und noch ein anderes Vermächtnis legte
Der Sterbende in meine Hand – Ich gab ihm
Mein Wort – und – warum soll ich es verschweigen?
Er übergab mir seinen Carl – Ich trotze
Dem Schein – ich will vor Menschen nicht mehr zittern,
Will einmal kühn sein, wie ein Freund. Mein Herz
Soll reden. Tugend nannt' er unsre Liebe?
Ich glaub' es ihm und will mein Herz nicht mehr –

Carlos. Vollenden Sie nicht, Königin – Ich habe
In einem langen, schweren Traum gelegen.
Ich liebte – Jetzt bin ich erwacht. Vergessen
Sei das Vergangne! Hier sind Ihre Briefe
Zurück. Vernichten Sie die meinen. Fürchten
Sie keine Wallung mehr von mir. Es ist
Vorbei. Ein reiner Feuer hat mein Wesen
Geläutert. Meine Leidenschaft wohnt in den Gräbern
Der Todten. Keine sterbliche Begierde
Theilt diesen Busen mehr.
(Nach einem Stillschweigen ihre Hand fassend.)
Ich kam, um Abschied
Zu nehmen – Mutter, endlich seh' ich ein,
Es gibt ein höher, wünschenswerther Gut,
Als dich besitzen – Eine kurze Nacht
Hat meiner Jahre trägen Lauf beflügelt,
Frühzeitig mich zum Mann gereift. Ich habe
Für dieses Leben keine Arbeit mehr,
Als die Erinnerung an ihn! Vorbei

Sind alle meine Ernten –

(Er nähert sich der Königin, welche das Gesicht verhüllt.)

Sagen Sie
Mir gar nichts, Mutter?

Königin. Kehren Sie sich nicht
An meine Thränen, Carl – Ich kann nicht anders –
Doch, glauben Sie mir, ich bewundre Sie.

Carlos. Sie waren unsers Bundes einzige
Vertraute – unter *diesem* Namen werden
Wie auf der ganzen Welt das Theuerste
Mit bleiben. Meine Freundschaft kann ich Ihnen
So wenig, als noch gestern meine Liebe
Verschenken an ein andres Weib – Doch heilig
Sei mir die königliche Wittwe, führt
Die Vorsicht mich auf diesen Thron.

(Der König, begleitet vom Großinquisitor und seinen Granden, erscheint im Hintergrunde, ohne bemerkt zu werden.)

Jetzt geh' ich
Aus Spanien und sehe meinen Vater
Nicht wieder – nie in diesem Leben wieder.
Ich schätz' ihn nicht mehr. Ausgestorben ist
In meinem Busen die Natur – Sei'n Sie
Ihm wieder Gattin. Er hat einen Sohn
Verloren. Treten Sie in Ihre Pflichten
Zurück – Ich eile, mein bedrängtes Volk
Zu retten von Tyrannenhand. Madrid
Sieht nur als König oder nie mich wieder.
Und jetzt zum letzten Lebewohl! *(Er küßt sie.)*

Königin. O Carl!
Was machen Sie aus mir? – Ich darf mich nicht
Empor zu dieser Männergröße wagen;
Doch fassen und bewundern kann ich Sie.

Carlos. Bin ich nicht stark, Elisabeth? Ich halte
In meinen Armen Sie und wanke nicht.

Von dieser Stelle hätten mich noch gestern
Des nahen Todes Schrecken nicht gerissen.
(Er verläßt sie.)
Das ist vorbei. Jetzt trotz' ich jedem Schicksal
Der Sterblichkeit. Ich hielt Sie in den Armen
Und wankte nicht. – Still! Hörten Sie nicht etwas?
(Eine Uhr schlägt.)

Königin. Nichts hör' ich, als die fürchterliche Glocke,
Die uns zur Trennung läutet.

Carlos. Gute Nacht, denn, Mutter.
Aus Gent empfangen Sie den ersten Brief
Von mir, der das Geheimniß unsers Umgangs
Laut machen soll. Ich gehe, mit Don Philipp
Jetzt einen öffentlichen Gang zu thun.
Von nun an, will ich, sei nichts Heimliches
Mehr unter uns. *Sie* brauchen nicht das Auge
Der Welt zu scheuen – Dies hier sei mein letzter
Betrug.

(Er will nach der Maske greifen. Der König steht zwischen ihnen.)

König. Es ist dein letzter!

(Die Königin fällt ohnmächtig nieder.)

Carlos *(eilt auf sie zu und empfängt sie mit den Armen).*
Ist sie todt?
O Himmel und Erde!

König *(kalt und still zum Großinquisitor).* Cardinal, ich habe
Das Meinige gethan. Thun Sie das Ihre. *(Er geht ab.)*